「亮真様は女心を
分かっていません！」
そう言うとローラは
当惑の色を隠せない亮真を
椅子に座らせ、
髪に櫛を通した上、
何やら良い香りのする油を使って
オールバックに整えた。
RECORD OF WORTENIA WAR
ウォルテニア戦記

「「うおおお！」」
先頭を駆ける男達から
咆哮が放たれる。
それはまさに獣の叫び。

「火矢だ！」
帆や船体に突き刺さる
無数の矢。

ルピス女王の肩に、
メルティナは手にしていた
マントを掛ける。
そして、耳元で優しく囁いた。
「ご安心ください。
陛下の御身は
私が命に代えても
必ずお守りします」

RECORD OF WORTENIA WAR

ウォルテニア戦記

XX

Ryota Hori
保利亮太

口絵・本文イラスト　ｂｏｂ

CONTENTS

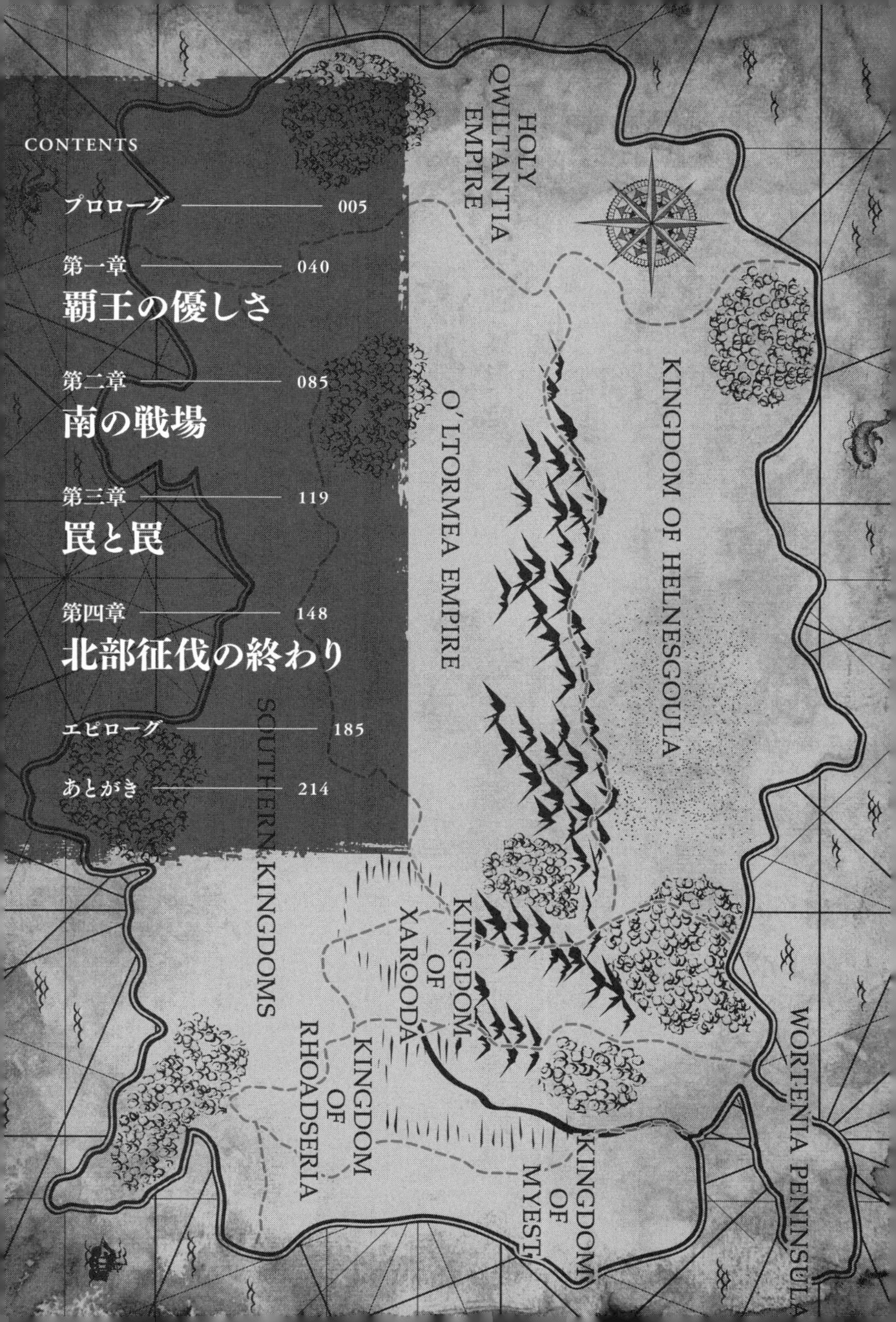

HOLY QWILTANTIA EMPIRE
KINGDOM OF HELNESGOULA
O'LTORMEA EMPIRE
SOUTHERN KINGDOMS
KINGDOM OF XAROODA
KINGDOM OF RHOADSERIA
KINGDOM OF MYEST
WORTENIA PENINSULA

WORLD MAP of 《RECORD OF WORTENIA WAR》

ウォルテニア半島　地図

西方大陸 地図

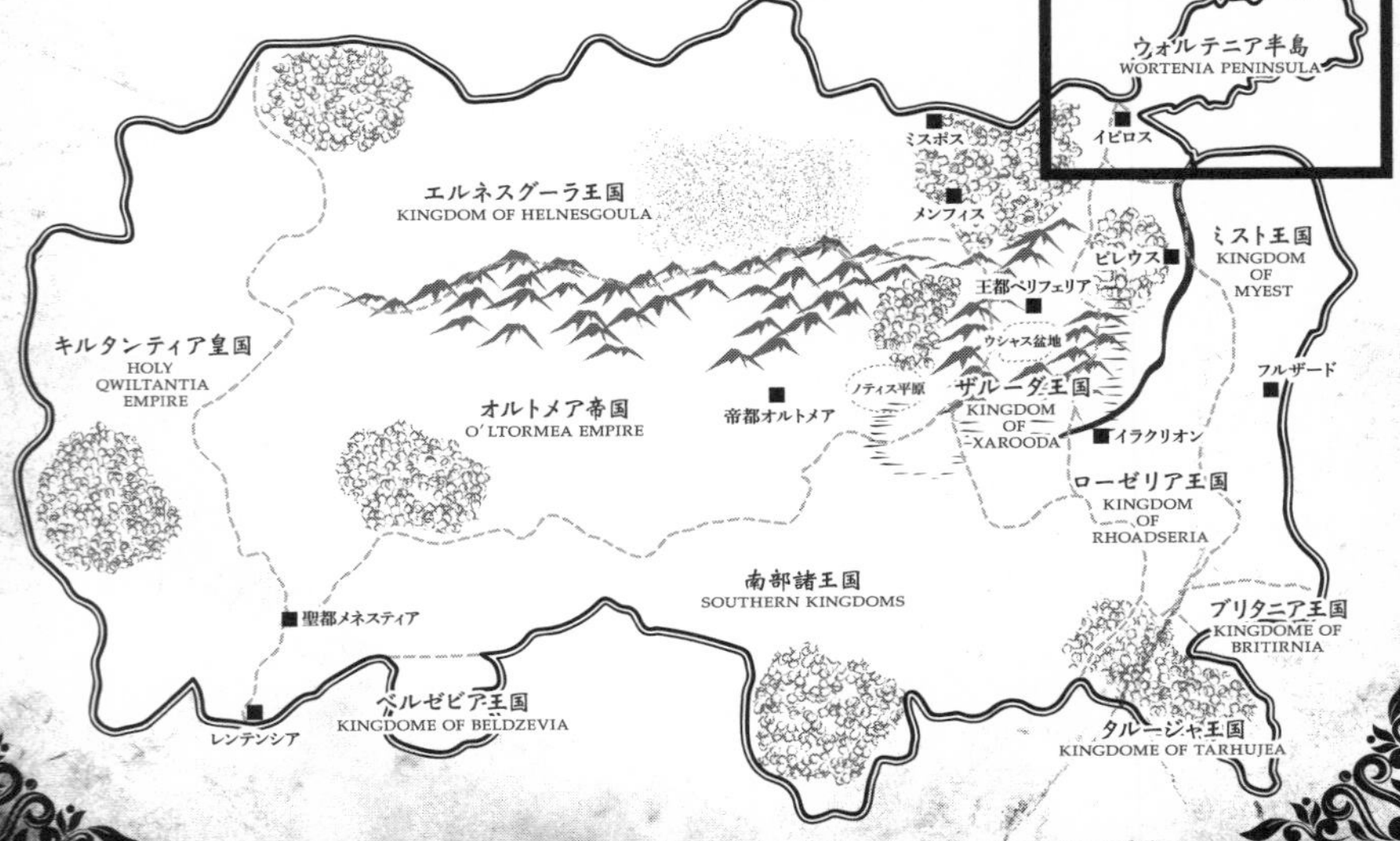

プロローグ

北部征伐軍《せいばつ》がティルト砦《とりで》の前に布陣《ふじん》してから、三週間が経過しようとしていた。

その間、幾度《いくど》となく砦を巡《めぐ》っての攻城戦《こうじょう》が繰《く》り広《ひろ》げられてきた。

攻《せ》め寄せる北部征伐軍と、それを阻《はば》もうとする御子柴男爵軍《みこしばだんしやく》の戦い。

そして、その度《たび》にルピス女王率いる北部征伐軍は、ティルト砦から雨の様に降り注ぐ、矢と熱した油に握《にぎ》り拳《こぶし》大の石といった多種多様なおもてなしを受け、少なくない犠牲《ぎせい》を払《はら》ってきたのだ。

そして、その犠牲を実際にその身で払う事になった犠牲者達《ぎせいしやたち》は、この北部征伐軍の野営地の一角に設けられた天幕の中に収容されている。

しかし、それは治療《ちりよう》の為《ため》ではなかった。

据《す》えた汗《あせ》と血の臭《にお》い、そして傷口が膿《う》んだ事による腐臭《ふしゆう》が天幕の中に充満《じゆうまん》していた。

その臭いを嗅《か》いだ瞬間《しゆんかん》、アダムは思わず顔を顰《しか》める。

アダムは平凡《へいぼん》な中肉中背の中年男。

とは言え、容姿はそれなりに整っている。

板金鎧《プレートアーマー》を身に着けているところから見て、恐《おそ》らく今回の戦の為に徴兵《ちょうへい》された平民ではないのだろう。

金髪《きんぱつ》は短めに刈《か》り込《こ》まれており、口ひげが丁寧《ていねい》に整えられているところからも、それは明らかだった。

とは言え、貴族階級の人間かといえば、残念な事にそうは見えない。

それなりの技量を持った戦士なのは明らかだが、どちらかといえば洗練された騎士《きし》というよりは、泥《どろ》に塗《まみ》れながら戦場を生き抜《ぬ》いて来た傭兵《ようへい》の様に見えるのだ。

もっとも、それも当然だった。

何しろアダムは、平民階級の出身でありながら、このローゼリア王国の王家に仕える近衛騎《このえき》士団《しだん》の一員になった逸材《いつざい》なのだから。

(本来であればこんなところに来たくはなかった)

それがアダムの正直な気持ちだ。

だが、上官から命令を受ければ嫌《いや》も応もない。

アダムが近衛騎士団の上官から命じられた仕事とは、この天幕を始めとした負傷者達《たち》の現状を把握《はあく》する事なのだから。

(それに、あの方から命じられた仕事もあるからな……)

勿論、ここでアダムが思い浮かべているあのお方とは、本来の上官ではない。

アダムの上官はそれなりの歴史を持つ伯爵家《はくしゃくけ》の出だ。

そして、そんな自分の血筋を笠《かさ》にきてかなりやりたい放題をしている人物であり、近衛騎士団の中でも指折りの鼻つまみ者だった。

勿論、三十代前半で近衛騎士団の中隊長を務めている以上、無能だとは言わない。

だが、能力と人間性は必ずしも比例しないのだろう。

そして、そんな上官に対してアダムも信頼《しんらい》や忠誠などは微塵《みじん》も感じてはいなかった。

確かに近衛騎士団の一員として、それなりの身分保障があり報酬《ほうしゅう》を貰《もら》ってはいるが、正直に言って馬鹿な上官に対しては侮蔑《ぶべつ》と嫌悪《けんお》しか感じない。

それに、上官はあくまでも組織図上の上司であり、主君とは違《ちが》う。

もしアダムに忠誠を捧《ささ》げる相手が存在するとすれば、それは国王であるルピス・ローゼリアヌスという事になる。

だが、こちらも騎士の身分を与《あた》えられた際に叙勲《じょくん》式で一言「これからの忠節に期待します」というお決まりの言葉を頂いただけで終わってしまい、それ以上の何かがある訳ではないのだ。

勿論《もちろん》、近衛騎士の一員ではあっても、所詮《しょせん》は役職に就《つ》けない平団員でしかないアダムが、ルピス女王と接点を持つ事など出来る筈もないし、アダム自身が飛《と》び抜けて優秀《ゆうしゅう》という訳ではないので、ある意味仕方ない事ではあるのだろう。

だが、建前はともかく現実的に接点のない人間に対して本当の意味での忠誠は誓《ちか》えないのが事実だ。

その上、直属の上官は端的《たんてき》に言って人間の屑《くず》という形容詞がピッタリな男。

何しろ、貴族階級の人間にありがちな鼻持ちならない性格で、取り得と言えばそれなりに整った容姿くらいのものだ。

実際、アダムも幾度となく理不尽《りふじん》な命令を受けて、貧乏《びんぼう》くじを引かされている。

そんな環境《かんきょう》では、騎士の美徳や臣下としての節度など、ただの綺麗事《きれいごと》にしかならない。

だから当然、アダムには国家や国王に対しての忠誠心など持ちようもないのだ。

とは言え、それを表立って口にしたり、不満をぶつけて反抗《はんこう》したりする気はアダムにはない。

王族や貴族階級に属する人間に鼻持ちならない性格を持つ人間が多いのは、今更《いまさら》どうにもならない事だし、下手に反抗すれば手痛い代償《だいしょう》を支払う事にもなりかねないのだから。

それに、平団員とは言え、平民から見れば安定した収入と騎士という身分は簡単に捨て去ることなど出来ない恩恵《おんけい》をアダムに与えてくれる。

少なくとも、単なる平民に戻《もど》るよりは、平民出身の騎士でいる方がましなのだから。

そして、そんなアダムの立場から考えれば、積極的に与えられた任務を果たそうという気にならないのも事実。

だから極端《きょくたん》な話、今回の命令は現地調査を実施《じっし》したフリをしておいてお茶を濁《にご》すか、誰《だれ》か同僚《どうりょう》に仕事を押《お》し付けるつもりだった。

しかし、裏のスポンサーからも同じ様な命令が来たとなれば、アダムとしても手を抜く事は出来ない。

何しろ、裏のスポンサーから渡《わた》される金は、本来アダムが稼《かせ》ぐ正規の給金の十倍近い上に、様々な恩恵も受けているのだ。

（今は落ち目であるとは言え、まだまだあの方の力は侮《あなど》れないからな……）

かつては、このローゼリア王国において国王すらも凌《しの》ぐ権勢を誇《ほこ》った程《ほど》の人間。

確かに、先の内乱以降、多くの貴族達が彼《か》の人物の下を離《はな》れたのは事実だ。

その後、ルピス女王の派閥《はばつ》が様々な工作をして切り崩《くず》しを仕《し》掛《か》けてきた結果、その人物の勢力が縮小されたのも確かだろう。

だが、それでも未《いま》だに彼はローゼリア王国内において最大規模の派閥の長だ。

それを踏《ふ》まえて考えれば、おざなりな対応は自分自身の首を絞《し》める結果になる。

自分を含《ふく》めた多くの人間が、未だに彼の命令に従っているのもそれが理由なのだから。

しかし、そんな義務感もこの惨状《さんじょう》の前には、何の意味もなかった。

（たまらない臭いだ……俺《おれ》が生まれ育った街の臭いも酷《ひど》かったが、コイツはそれ以上だ……）

鼻と口元を布で押さえていても、そんなものでは防げない強烈《きょうれつ》な悪臭《あくしゅう》。

確かに、アダムにしてみれば嗅ぎ慣れた臭いではあるだろう。

この大地世界《アース》では風呂《ふろ》などそう簡単に手に入れる事の出来ない高価な物だ。

平民階級の大半は、村や街の近くに流れる川などで水浴びをするのが関の山だし、そういった恩恵に恵《めぐ》まれない平民達は濡《ぬ》らしたタオルなどで汗を拭《ぬぐ》うしかない。

また、毎日汗を流せる程の余裕《よゆう》がある平民は少ないので、自《おの》ずと彼等《かれら》が漂《ただよ》わせる体臭《たいしゅう》はかなりきつくなる。

勿論、現代社会の基準で考えれば、スメルハラスメントとして一発で問題になるほど強烈なのは間違《まちが》いない。

少なくとも、現代社会でこのレベルの臭いを放置していたら、屋外なら周囲から人影《ひとかげ》が消える事になるし、屋内なら隔離《かくり》される羽目になるだろう。

世の中には整髪剤《せいはつざい》や、ウェットティッシュに用いられる香りにすら、目くじらを立てる人間が存在するのだから。

もっとも、此処《ここ》は現代社会の常識が一切通用しない大地世界という異世界。

糞尿《ふんにょう》処理の肥溜《こえだ》めが存在しているのは当然として、牛馬なども街中でごく普通に飼育されている。

そして、動物の匂いは、嗅ぎ慣れない人間からするとかなりキツイ部類に入るだろう。

独特の獣臭《けものくさ》さという奴で、現代社会ではこれが苦手だという人間は少なくない。

しかし、それはあくまでも現代に暮らす人間の尺度であり、この大地世界では身近な臭いの一つでしかないのも事実だ。

それら諸々《もろもろ》の要因のおかげで、大地世界の住民達は臭いに対してかなり緩やかな基準を持っている。

何しろ公衆衛生の概念など欠片も存在しない世界に暮らしているのだから。

それに加えて、このアダムが生まれたのは王都ピレウスの貧民街《スラム》。

今ではそれなりの身分を得て、だいぶマシな生活をしているとは言っても、ローゼリア王国の身分制度の中で限りなく底辺に生まれ落ちた人間だ。

だからその分、他の人間よりは臭いに対しての耐性が高いといえるだろう。

だが、この天幕に立ち込める匂いは、そんな緩やかな基準になれた大地世界の人間達にとってもかなり厳しい程に強烈だった。

それは、この天幕を訪《おとず》れる人間が極《きわ》めて限られている事からも簡単に推察する事が出来る。

何しろここは、いわば姥《うば》捨て山の様な場所なのだから。

（いや、いっそこの世の地獄《じごく》とでも形容する方が正しいだろうな。本当に惨《むご》い扱《あつか》いをしやがる。こんな扱いをするくらいなら、いっそのこと止《とど》めを刺《さ》してやる方が慈悲《じひ》ってものだろうに……）

此処はティルト砦から少し離れた北部征伐軍の野営地に設けられた天幕の一つ。

この中には、敷物《しきもの》の上に十人を超《こ》える男達が、うめき声を上げながら横たわっていた。

その大半が、意識があるのかないのか分からない様な状態。

うめき声と怨嗟《えんさ》が零《こぼ》れているから生きてはいるのだろうが、既《すで》にまともな会話が成り立つ様な状態ではないのだ。

そんな彼等にアダムは憐れみの籠《こ》もった視線を向けた。

彼等は皆《みな》、ティルト砦の攻略《こうりゃく》に駆《か》り出された兵士達。

そして、無謀《むぼう》な力攻《ぜ》めの結果、手痛い反撃《はんげき》をその身に受けてしまった運の悪い人間であり、ある意味では貴族達の横暴による被害者《ひがいしゃ》と言える存在だ。

城壁《じょうへき》に取り付くまでは矢が雨の様に降り注ぎ、逆茂木《さかもぎ》や空堀《からほり》が進軍を防ぐ。

この段階で、三分の一近くが何らかの傷を負った。

その上、城壁までたどり着いたとしても、そこから先がまた地獄。

熱せられた水や油が頭上から滝《たき》の様に流れ落ち、赤ん坊《あかぼう》の頭部よりも大きな石が投げ落とされるのだ。

勿論、攻城戦に参加した歩兵の多くには、剣《けん》や槍《やり》の他に木製の盾《たて》が支給されていた。

身に纏《まと》うには個別でサイズの調整が必要となる鎧兜《よろいかぶと》とは異なり、盾ならば誰でも使う事が出来る。

そう言う意味では実に便利な防具と言えるだろう。

だが、所詮は木製だ。

確かに、硬《かた》い木材を金属で補強しているので、それなりの防御《ぼうぎょ》性能はあるのだろう。

だが、所詮は木だ。

そんな物を頭上に翳《かざ》したところで、何時《いつ》までも防げる筈がない。

何しろ、御子柴男爵家の兵士は皆、武法術による身体強化を会得《えとく》しているのだ。

単なる投石でも、何回か防げれば御《おん》の字《じ》と言えるだろう。

そして、そんな状況《じょうきょう》であの堅牢《けんろう》な砦を攻略出来る筈もない。

その結果、成すすべもなく撤退《てったい》するというのが今までのパターン。

まさに悪夢のような展開だ。

前線に投入された兵士達《たち》にしてみれば骨折り損の草臥儲《くたびれもう》けとしか言いようがない。

そして、そんな無謀な指揮の下で戦死した兵士達はまさに運が悪いとしか言いようがないだろう。

（だが、世の中には上には上が存在するのと同じ様に、下には下がいる）

そう、この天幕の中でうめき声を上げる彼等がそれだ。

何しろ、彼等はただの平民でしかない。

彼等を徴兵し、この北の大地にまで連れてきた貴族達にしてみれば、平民とは幾《いく》らでも換えの利《き》く便利な家畜《かちく》とも言うべき存在。

税が取れなくなるのでいなくなってしまうのは困るが、多少数を減らしたとしても、貴族達はなんの痛痒《つうよう》も感じはしない。

その上、その家畜《かちく》達は傷を負い、直《す》ぐに戦場へ戻るのは難しい程の深手を負っている。

冷たいようだが、たとえ適切な治療を施《ほどこ》しても、彼等が元の体に戻る事は難しいだろう。

それに、今の北部征伐軍には兵士達の置かれた環境を思《おも》い遣《や》る余裕がない。

ティルト砦の攻略は膠着《こうちゃく》状態に陥《おちい》っており、日を追って死傷者の数が増えているのだ。

当初優勢だった楽観視は鳴りを潜《ひそ》め、今では慎重論《しんちょうろん》が幅《はば》を利かせ始めている。

となれば、貴族達の考える事は一つしかない。

彼等にしてみれば、壊《こわ》れた玩具《おもちゃ》を直す手間を考えれば、買いなおした方が良いというのと同じような感覚だろうか。

実際、軽傷者達の病床《びょうしょう》が別の天幕に分けられている点から考えても、彼等の意図は透《す》けて見えていた。

（つまりは、何の治療もせずに放置する訳だ）

結局は費用対効果という問題なのだろう。

まぁ、相手が同じ人間であるという点を考慮《こうりょ》しないのであれば、ある意味合理的なのかもしれない。

だが、その冷徹《れいてつ》で冷酷《れいこく》な合理的判断が、この世に地獄を顕現《けんげん》させた。

傷口を覆《おお》う清潔な布切れが一枚もない状況。

飲み水を確保するという名目で、傷口を洗う水すら与えられないのだ。

薬など望むべくもないだろう。

ましてや、この狭《せま》い天幕には十人以上の人間がすし詰《づ》めの様になって詰《つ》め込まれているのだ。

彼等の大半は怪我《けが》の悪化でこの世を去る羽目になるだろうし、生き残った少数の人間達も、この不衛生な環境に耐《た》えられず病に罹《かか》るのが目に見えていた。

つまり、行きつく先は一つ。

死という結果だけ。

後は、それが早いか遅《おそ》いかの差でしかない。

そして、その事をこの天幕の中に横たわる全員が理解していた。

（まさに生き地獄か……）

死に神が訪れるその時まで、彼等は苦痛の中で生き続けるのだから。

これほど今の状況を表すのに相応《ふさわ》しい言葉もない。

（あの砦を正面から落とそうなど、無謀の極みだ……軍の上層部はそんな事も分からない程無能なのか？　いや、エレナ・シュタイナーを総指揮官として任命していて、それは流石《さすが》にないだろう）

幸いな事に、今回の戦で未だに近衛騎士団は前線に出ていない。

表向きは戦功を求める貴族達の嘆願《たんがん》で、戦の先陣《せんじん》を彼等に任せたという話ではあるが、アダムの見たところ、それはあくまでも表向きの話として聞いておくのが正解に思える。

（ならばやはり……貴族達の力を削《そ》ぐ為に、意図的にこの愚行《ぐこう》を止めなかったのだろうな）

それは、少し考えれば子供でも理解出来る簡単な答え。

そして、その考えが脳裏《のうり》に浮《う》かんだ瞬間、アダムの顔に嫌悪の色が浮かんだ。

確かに狙《ねら》いとしては分からなくもないだろう。

だが、貴族達の勢力を削《けず》るという事は、徴兵された平民達を犠牲にするという事に他ならない。

（上層部はこの光景を本当の意味で理解しているのか？）

その疑問がアダムの心を埋《う》め尽《つ》くす。

もし、理解していてこの策謀《さくぼう》を巡らせたのであれば、それは鬼畜《きちく》の所業だ。

もし、理解しないでこの策謀を巡らせたのであれば、それは単なる愚物《ぐぶつ》だろう。

ただどちらにせよ、人の上に立つ人間には不適格なようにアダムは感じていた。

（ルピス・ローゼリアヌス……所詮は綺麗事を言うしかないお飾《かざ》りの国王か……）

先の内乱が終わった時、アダムはこの国が良くなると本気で信じていた。

ルピス女王やその側近であるメルティナ・レクターが唱える国王主導の政治に希望を感じたのだ。

だが、結果はどうだろう。

改革を唱えてはいても、実際に彼女達《かのじょたち》が血を流す事はないのだ。

（結局、犠牲になるのは平民……か）

そんな事をアダムが考えていると、数人の男達が大きな寸胴鍋《ずんどうなべ》を抱《かか》えながら天幕に向かって歩いて来た。

そして先頭を歩いていた男の一人が天幕の中に足を踏み入れると、顔を歪《ゆが》めながら後ろを振《ふ》り返り、吐《は》き捨てる様に大声を上げた。

「うぇ……たまらねぇ臭いだ！　鼻が曲がっちまうぜ！　お前ら、サッサと仕事を済ませちまえ」

恐らく、彼が配膳係《はいぜんがかり》のリーダー格なのだろう。

そして彼は、天幕の入り口近くに立っていたアダムに気が付くと、驚《おどろ》いた様な表情を浮かべた。

「こいつは失礼しました……何か御用《ごよう》でしょうか？」

アダムの装《よそお》いから相手が騎士階級の人間だと察したのだろう。

口調が幾分穏《いくぶんおだ》やかになるが、その顔に浮かぶ笑《え》みは卑屈《ひくつ》さに満ちている。

そんな男に対して、アダムは静かに首を横に振った。

「私はアダム・フューラー、近衛騎士団の者だ。お前達は私の事は気にせずに、自分達の仕事をしてくれれば良い」

その言葉に男の目がアダムを探《さぐ》る様な色を浮かべた。

もっとも、それはほんの一瞬《いっしゅん》だけだ。

「そうですか……では、お邪魔《じゃま》にならないように、なるべくさっさと済ませますので」

そう言うと男は成り行きを見守っていた部下達へ目で合図をする。

どうやら、アダムに関《かか》わらない事を選んだらしい。

（まぁ、当然だろうな……）

こんな劣悪《れつあく》な環境の天幕に何時までも居たいと思う様なモノ好きは居ない。

「うぇ、今日はまた一段と凄《すご》い臭いだ……なんだってこんな日に限ってハズレを引くんだ！」

男の一人がそんな言葉を口にした。

どうやら何らかの賭《か》けに負けた結果、此処の配膳係を命じられたらしい。

本来ならば、こんな怪我人《けがにん》だらけの地獄の様な天幕になど近づきたくもないのだろうが、まさに、運が悪いとしか言いようがない。

そしてそんな男に対して、周囲から罵声《ばせい》が飛ぶ。

「うるせぇ、賭けに負けちまったんだから仕方がねぇだろうが。何時までもグチグチ言っているんじゃねぇ、こっちまで胸糞《むなくそ》悪くなるだろうが……」

だが、思うところは皆一緒《みないっしょ》なのだろう。

男達の口から次々と不満や愚痴《ぐち》が零れた。

「しかし、上の連中も何を考えているんだかねぇ」

「まったくだ。あんな砦に何時まで手古摺《てこず》っているんだか」

どうやら相当に鬱憤《うっぷん》がたまっているらしい。

それでも、男達は不満を口にしつつも天幕から逃《に》げ出そうとはしなかった。

下手《へた》にサボれば軍令による罰則《ばっそく》が科せられるのだ。

(そして、平民階級の命はこの大地世界では驚く程に軽い)

良くて鞭打《むちう》ちか報酬なしの強制労働。

裁く人間の気分次第《しだい》では最悪死刑迄《しけいまで》あり得る。

いや、場合によっては故郷に残してきた身内にまで咎《とが》が及《およ》ばないとも限らないのだ。

だから、彼等は下手に逃げ出す事も出来ない。

だが、だからと言ってジッと黙《だま》って我慢《がまん》する事も難しいものなのだろう。

何しろ、生理現象なのだから。

根性《こんじょう》でどうにかなるものでもない。

その結果、そんな板挟《いたばさ》みな状況に対する不満と怒《いか》りが、男達の顔にありありと浮かんでいた。

だが、幾ら愚痴を言い合い上層部の無策を呪《のろ》っても何の解決にもならない以上、男達に出来るのは出来るだけさっさと仕事を終わらせてこの天幕から退散する事だけであり、彼等もまたそれを理解していた。

「おい、サッサと終わらせちまおう！　何時までもこの死にぞこない共の相手なんぞ、やっていられるか。日が暮れちまうぜ」

一人の男が、うんざりしたと言わんばかりの表情を浮かべながら周囲に命じる。

その言葉に男達は無言のまま頷《うなず》くと、怪我人達《けがにんたち》の前に置かれた器を回収し始めた。

何の治療もされない見捨てられた怪我人ではあっても、一応は食事の供給が継続《けいぞく》されているらしい。

（もっとも、配給を受けたところで、補助もない状態で彼等が食べられるとは思えないが……な）

寸胴鍋の中身はスープの様だ。

恐らくは、怪我人に消化吸収が良い物を与えたいという誰かの指示だろう。

だが、それはあくまで自分でスプーンをもって食事出来ればこそ意味を持つ配慮《はいりょ》。

相手が器も持てない様な重傷の怪我人では意味をなさない。

何しろここには、食事の世話をしてくれる看護師など存在しないのだから。

事実、男達が回収した器の多くは手つかずのままの状態だ。

それでも食事を続けるのは、彼等を見捨てていないというパフォーマンスの様なものだろう

か。

（或《ある》いは、自分達の罪悪感をごまかす為か……）

その時、食器を回収していた男の一人が呆《あき》れた様な声で愚痴を零す。

「おいおい、また手も付けてねぇ……まったく、ただでさえ食料の配給が減っているのに、喰《く》えねぇ奴にも今まで通り配ってやれだなんて、上は何を考えてやがるんだか……」

その手に持った皿の中身を見る目は、まさに飢《う》えた獣《けもの》の様な目。

実際、男はこの残された食事がまだ食べられるかどうかを思案しているのだろう。

だが、そんな男に対して、リーダー格の男が窘《たしな》める。

「まぁ、そう言うな……こいつ等《ら》だって好き好んでこんな目に遭《あ》った訳じゃねぇんだからよ。それと幾ら腹が減っているからといって、残り物に手を出すんじゃないぜ？　腹痛《はらいた》どころか下手をすれば死んじまうんだからな！」

その言葉に、男はしばらく未練がましそうだったが、そのうち渋々諦《しぶしぶあきら》めたような表情を浮かべて頷いた。

実際、こんな不衛生な場所に半日近く置かれた食事を口にすれば、体調を崩して当然と言えるのだから。

（成程《なるほど》……やはり、あの方の言う通り、食料物資の補給に影響《えいきょう》が出ているようだな……）

そんな男達のやりとりを聞きながら、アダムは無言のまま天幕を後にする。

必要な情報を集めた以上、この不快な場所に何時までも残る必要などないのだから。

その夜、アダムは近衛騎士団の陣《じん》を抜け出すと、北部征伐軍に参加する、とある貴族の野営地を訪れていた。

事前に渡されていた身分証明用の割符《わりふ》を見せたアダムは、歩哨《ほしょう》に案内されながら野営地の奥《おく》へと進んでいく。

（大した天幕の数だ……）

その貴族が率いる軍勢は、北部征伐軍の中でも特に多いのだろう。

ルピス女王が率いる本隊の野営地と比べても、さほど見劣《みおと》りしない規模なのだ。

そしてその野営地に設営された天幕の周辺には、薔薇《ばら》に彩《いろど》られた狼《おおかみ》の紋章《もんしょう》が風の中に靡《なび》いている。

薔薇を用いた意匠《いしょう》。それはローゼリア王国の民にとって特別な意味を持つ。

何しろ薔薇はローゼリア王家の象徴《しょうちょう》とも言えるのだ。

つまりそれは、天幕の主がローゼリア王国の紋章である薔薇の意匠を用いる事を許された、王国の中でも数少ない特別な家柄《いえがら》である事を示している。

その所為《しょい》もあるのだろう。

この野営地を守る兵士達の装備は、王家直轄《ちょっかつ》の近衛騎士団や親衛騎士団の団員に支給される物と比較《ひかく》してもそれほど遜色《そんしょく》がないほどの品ばかりだ。

また、そんな高価な武具に身を固めている兵士自身の質もかなり高いらしい。

武法術を会得した騎士階級であるかはさておき、その所作は明らかに何らかの訓練を積んだ人間に見える。

少なくとも、今回の北部征伐に向けて急遽徴兵《きゅうきょちょうへい》した平民でない事だけは確かだった。

(子爵《ししゃく》に爵位を落とされ、本拠地《ほんきょち》であったイラクリオンを没収《ぼっしゅう》されたというのに、未だこれほどの勢力を誇るとは……流石というべきだろうな……)

近衛騎士団の一員としてローゼリア王家に仕えるアダムの立場であれば、これほどの勢力を誇る貴族に対して、本来であれば敵意や危機感を抱《いだ》くべきだろう。

王にとって貴族とは便利な道具でもある反面、自らの王位を簒奪《さんだつ》する可能性を秘《ひ》めた潜在的《せんざいてき》な敵でもあるのだから。

だが、今のアダムが感じるのは、敵意や危機感ではなく、自らが下した判断の正しさに対する確信だった。

「こちらになります」

「うむ、ご苦労だった」

野営地の中央に設《しつら》えられた一際豪華《ひときわごうか》な装いの天幕。

その前に到着《とうちゃく》し、案内役の歩哨が入り口を守る衛兵に一言二言言葉を掛《か》ける。

それに対して、衛兵の一人が無言のまま小さく頷くと、素早《すばや》く天幕の中へと姿を消した。

(火急の報告と説明はしているので、会っていただけるとは思うが、果たしてどうなるか……最悪、かなり待たされるかもしれないな)

そんな懸念《けねん》がアダムの脳裏を過《よぎ》る。

何しろ人目を避《さ》ける為に、同僚達《どうりょうたち》が寝静《ねしず》まるのを待って野営地を抜け出してきたので、今は限りなく深夜に近い時間帯だ。

普通《ふつう》であれば、大抵《たいてい》の人間が夢の中だろう。

その上、アダムは先方に、自分が報告に訪れる事を事前に告げてもいない。

確かに、アダムの立場を考えれば当然なのだが、相手の地位を考えればかなり危険な行為《こうい》と言える。

言うなれば、アポイントメントなしで会社の社長クラスを訪問するようなものだろう。

面子《めんつ》に固執《こしつ》するような愚鈍《ぐどん》な貴族ならば、機嫌《きげん》を損《そこ》ねてアダムを門前払《もんぜんばら》いする可能性も捨てきれないのだから。

だが、それはアダムの杞憂《きゆう》だったらしい。

時間にして数十秒と言ったところだろうか。

先ほどの衛兵が天幕の中から戻ってくると同僚に軽く耳打ちした。

「お進みください。閣下がお待ちです」

その言葉と同時に、入り口を塞《ふさ》ぐ様に立っていた衛兵が道を開ける。

アダムはそんな衛兵たちに軽く頷くと、ゆっくりと天幕の中へと足を踏み入れた。

天幕の中へと足を踏み入れたアダム。

その瞳《ひとみ》に、執務机《しつむづくえ》に向かって何やら書き物をしている天幕の主の姿が映し出される。

どうやら、こんな時間帯でも仕事をしているらしい。

だからアダムはその場に素早く片膝《かたひざ》を突《つ》くと、まず初めに天幕の主に向かって深々と頭を下げた。

「閣下、このような夜分にお時間を頂戴《ちょうだい》し申し訳ございません」

それは、臣下が王や主人に対して行う礼法。

本来であれば、近衛騎士団に所属するアダムが国王以外に対して片膝を突いて礼をするなどあり得ない事だ。

だが、アダムはその事に対して何の疑問も感じてはいない。

アダムにとってルピス・ローゼリアヌスという人間は、既に形式上の主人というだけの形骸《けいがい》化された存在に成り下がっている。

勿論、王宮の式典などに参加する際には、礼法に則《のっと》った対応をするし、表立ってルピス女王に対しての不満を口にしたり、忠誠を疑われる様な言動をしたりする事はない。

だが、それはあくまでも表向きの話。

アダムの心は既にルピス・ローゼリアヌスという国王から離れてしまっているのだから。

その上、この天幕の主は嘗《かつ》て、国王に並ぶほどの権勢《けんせい》を誇った実力者。

しかも、ルピス女王とは違って、この実力者はアダムに対して様々な恩恵を与えてくれる。

(ならば、どちらに敬意を払《はら》うべきか言うまでもない)

この天幕の主にして、アダムが面会を求めた男の名は、フリオ・ゲルハルト子爵。

いや、どちらかといえばフリオ・ゲルハルト元公爵《こうしやく》と言った方が、彼を表すには分かり易《やす》いかもしれない。

貴族派の盟主として、長年このローゼリア王国の貴族社会を牛耳《ぎゆうじ》ってきた実力者であり、かつては国王すらも手が出せない程の権勢を誇った一種の怪物《かいぶつ》だ。

実際、先の内乱の時には、ラディーネ王女を擁立《ようりつ》し、ルピス・ローゼリアヌスから国王の座を奪《うば》おうともしている。

(それ程の力をこの天幕の主は持っている)

先の内乱が終結してから、ゲルハルト子爵の権勢に陰《かげ》りが見え始めていたのは確かだ。

何しろ、内乱を起こした首謀者《しゆぼうしや》だったのだ。

確かにアーレベルク将軍に責任を押し付けるという奇策《きさく》と、捕虜《ほりよ》にしていたミハイル・バナーシュの返還《へんかん》によって命こそ助けられたものの、長年治めてきた領地を没収《ぼつしゆう》されたうえに、多額の賠償金《ばいしようきん》を支払う羽目に陥った。

それに加えて、公爵から子爵位へ降格されたというのが致命的《ちめいてき》だった。

長年ゲルハルト子爵を盟主として支えてきた貴族達が、彼から距離《きより》を取るようになったのも当然と言えるだろう。

(とは言え、未だにローゼリア王国有数の実力者なのは確か……)

アダムが耳にした噂《うわさ》では、公爵位《こうしやくい》に復帰する為にかなり精力的に動いているらしい。

今回の北部征伐で積極的にルピス女王に協力する姿勢を見せているのも、噂を裏付けているからと言えるだろう。

今、ゲルハルト子爵は様々な手を打っている。

それもこれも、自らの爵位に冠《かん》せられた不名誉《ふめいよ》極《きわ》まりない「元」という形容詞を取る為だ。

その時、アダムの脳裏に、天幕の外に広がる野営地の光景が浮かんだ。

（いや……ひょっとしたら、既に当時の勢いを取り戻している可能性もあり得るか？）

そんな事を考えながら、アダムは男が口を開くのをタダじっと待ち続ける。

そんな実力者を突然《とつぜん》訪ねた無礼を咎められない様にと天に祈《いの》りながら。

もっとも、そんなアダムの懸念はただの杞憂だったらしい。

ゲルハルト子爵は書き物の手を止めると、顔を上げた。

「顔を上げてくれ。それでは話も出来ないからな」

そう言うとゲルハルト子爵は、にこやかな笑みを浮かべながら椅子《いす》から立ち上がる。

そして、天幕の主はアダムを近くに用意されている来客用のソファーに誘《さそ》うと、自分も対面のソファーへ腰《こし》を下ろした。

それは言うなれば、賓客《ひんかく》を迎《むか》え入れた様な対応だろうか。

「恐れ入ります閣下」

思わぬ厚遇《こうぐう》にアダムは緊張《きんちょう》しながら感謝の言葉を口にした。

実際、二人の身分差を考えれば、こうしてソファーに座《すわ》りながら面と向かって会話をするというのはかなり異例の事だ。

だが、そんなアダムに対してゲルハルト子爵はゆっくりと首を横に振った。

自らの復権の為ならばどんな事でもする覚悟《かくご》なのだ。

そして、その為の手段の一つが、目の前にいるアダムからの報告に耳を傾《かたむ》ける事なのだろう。

だから、身分的には近衛騎士団の平騎士でしかないアダムに対して、ゲルハルト子爵は実に友好的な笑みを浮かべて見せる。

「アダム・フューラーだったな……気にする必要はない。確かに前線から離れてはいるが、ここはあくまでも戦場なのだ。平時の礼儀《れいぎ》作法にこだわる必要などない。それに貴殿《きでん》がこうしてやって来たのは私が頼《たの》んだ仕事の報告なのだろう？　ならば何も遠慮《えんりょ》をする事はない」

そう言うとゲルハルト子爵は用意していた革袋《かわぶくろ》をアダムの前に置いた。

「それでは、報告を聞かせて貰うとしよう」

その言葉にアダムは小さく頷くと、ゆっくりと口を開いた。


それから一時間ほど経《た》っただろうか。

既にアダムは報告を終え、天幕の中には、ゲルハルト子爵がただ一人、ソファーに座って琥《こ》珀《はくいろ》色の酒が入ったグラスを傾けながら、一人思案に耽《ふけ》っている。

今のゲルハルト子爵は、まさに人生の岐路《きろ》に立たされていると言って良い状況。

これから下す決断次第で、フリオ・ゲルハルトという男の人生と、ゲルハルト子爵家の行く末が決まるのだから。

そしてその決断は、この北部征伐という喜劇の結末をも左右するだろう。

言うなればゲルハルト子爵はこの北部征伐という天秤《てんびん》に乗せられる最後の重り。

どちら側に置かれるかによって、天秤の傾きが決まる。

まさに、均衡《きんこう》を司《つかさど》る者といったところだろう。

(私の決断があの若造と、いけ好かないあの主従の運命を決める……か)

御子柴亮真《りようま》とルピス・ローゼリアヌス、そしてメルティナ・レクター。

ゲルハルト子爵にとってこの三人は、ローゼリア王国を支配するという自らの野望を阻んだ憎《にく》んでも憎み足りない敵だ。

ゲルハルト子爵が先の内乱で無様な醜態《しゆうたい》を晒《さら》し、愚鈍な理想主義者だと見下してきたルピス女王に対して恭順《きようじゆん》の意を表すという屈辱《くつじよく》を経験する羽目に陥ったのは、間違いなく御子柴亮真という男の所為だと言えるだろう。

また、恭順したゲルハルト子爵の力を削ぐ為に、イラクリオンというローゼリア王国有数の農業地帯を取り上げた上、多額の賠償金を請求《せいきゆう》してきたルピス女王に対しての恨《うら》みも深い。

まさに恨み骨髄《こつずい》という奴だ。

ローゼリア王国の建国当時から歴代の当主が心血を注いで治めてきたイラクリオンを奪われたという事実は何よりも重い。

そして、何よりも胸糞悪いのが、メルティナ・レクターという女だ。

愚鈍で理想主義のルピス女王に隷従《れいじゆう》し、あの無能な女王を本当の意味での国王にしようと足《あ》搔《が》くこの女は、事ある毎に貴族派に対して圧力を掛けた。

内乱で荒《あ》れた国内の経済復興の為という名目で命じられた臨時徴税《ちょうぜい》に始まり、治安維持《いじ》の為の軍の提供など、まさになりふり構わずという奴だ。

そして、そんなメルティナの策謀の所為で、多くの貴族達が貴族派から距離を置くようになってしまった。

実際、ザルーダ王国への派兵問題や、農村部で起きた反乱を契機《けいき》とした国内治安の不安定化など、ルピス女王の治世におけるマイナス要因の多出と、それらの諸問題に対するメルティナの対応の不味《まず》さがなければ、貴族派は疾《と》うの昔にこのローゼリア王国から姿を消していたに違いない。

(何と愉快《ゆかい》な事だろうか)

思わず、ゲルハルト子爵の口から哄笑《こうしょう》が零れる。

そして、ひとしきり笑い声を上げると、ゲルハルト子爵は手にしていたグラスの酒を一息に呷《あお》った。

今のところ、ゲルハルト子爵はルピス女王に味方している様に周囲には見せている。

実際、その献身的《けんしんてき》なまでの態度は、ゲルハルト子爵に対してよい感情を持っていないであろうメルティナであっても、認めざるを得ないくらいだ。

ただ、それが本心からの行動なのかといわれればそんな事はない。

何故《なぜ》なら、ゲルハルト子爵には御子柴亮真と交《か》わした決して表ざたには出来ない暗黙《あんもく》の取引があるのだから。

勿論、暗黙の取引とは所詮、何の保証もない空手形に近いものだ。

どちらかが一方的に反故《ほご》にしたところで、相手を責める事は出来ないだろう。

それは、取引を持ち掛けたゲルハルト子爵自身が一番よく理解している。

(だがあの夜、私は御子柴亮真という男の器量と実力を知った……)

全盛期《ぜんせいき》のゲルハルト子爵や、王族主宰《しゅさい》の夜会であっても見る事の出来ないほど盛況《せいきょう》な宴《うたげ》。

それは、貴族院の惨劇《さんげき》が起きる少し前に、王都近郊《きんこう》にあるザルツベルグ伯爵《はくしゃく》の別邸《べってい》で催《もよお》された夜会での話だ。

勿論、ゲルハルト子爵の立場で、御子柴男爵家の主宰する夜会に表立って参加する事は出来る筈もない。

だが、別室から会場の様子を目にしただけでも、御子柴亮真が保有する経済力を見極《みきわ》める事は出来た。

(あの新鮮《しんせん》な海の幸を使った主菜に中央大陸から運ばれてきたワインの数々……少なくとも、あれだけの物を王都で用意するには、単なる経済力以上の力が必要になる筈だ……)

ましてや、その後に起きた敵襲《てきしゅう》に対しての対応力を見れば、如何《いか》に傲慢不遜《ごうまんふそん》なゲルハルト子爵であっても、御子柴亮真を平民上がりの成り上がりとは見下せなかった。

だからこそ、今回の北部征伐《せいばつ》に際して、ゲルハルト子爵はルピス女王に表向きは積極的に従いつつも、裏では御子柴亮真との関係を断つ事なく連絡《れんらく》を取り合ってきたのだ。

どちらがより有利なのかを見極め、自分を最も高く売りつける為《ため》に。

(さて問題は、どちらに味方するかだが……)

ゲルハルト子爵は、この北部征伐が始まってから今日まで、様々な手段を用いて情報を集めてきた。

買収、脅迫《きょうはく》、懐柔《かいじゅう》。

長年、貴族派の盟主として培《つちか》ってきた手腕《しゅわん》を総動員して、御子柴男爵《だんしゃく》家とルピス女王に関しての情報をかき集めてきたのだ。

そして、その決断を下す最後の材料を、先ほどアダムの口から告げられた。

それは、ゲルハルト子爵にとって、予想通りの報告。

いや、それ以上だったと言っていいだろう。

(アダム・フューラー……下賤《げせん》な平民上がりだが、中々に使える男の様だ。少なくとも私に就くと決断した点は褒《ほ》めてやっても良いだろうな)

そんな思いが脳裏に浮かび、ゲルハルト子爵の口が吊《つ》り上がる。

その顔に浮かぶのは、嘲笑《ちょうしょう》と侮蔑。

先ほどまでアダムに向けていた友好的な表情とはまさに対照的だ。

それはまさに、アダムが懸念していた傲慢《ごうまん》で冷酷な典型的とも言える貴族の顔。

もし今のゲルハルト子爵の顔をアダムが目にしていたら、ルピス女王を見限ろうなどとは考えなかっただろう。

あくまで、ビジネスライクな関係に留《とど》めようとした筈《はず》だ。

そして、その事をゲルハルト子爵自身が理解している。

人の本質はそう簡単には変わらない。

実際のゲルハルト子爵はアダムが当初懸念していた通り、冷酷で冷徹。傲岸不遜《ごうがんふそん》ともいう典型的なローゼリア貴族なのだから。

だが、彼はそんな自分という人間を理解し、それを隠《かく》す事が出来た。

勿論、ゲルハルト子爵の本心を言えば、こんな夜更《よふ》けに何の連絡もなく突然訪問してきたアダムに嫌味《いやみ》の一つも言いたかったのは確かだ。

だが、それをアダムに伝えたところで、得られるのは単なる自己満足に過ぎない。

だからこそ、ゲルハルト子爵は自らに仮面をつける事にしたのだ。

友好的に見える笑みという名の仮面を。

(以前の私は愚《おろ》かだった……)

その脳裏に浮かぶのは一人の男。

その男の名は、ケイル・イルーニア。

かつてはミハイル・バナーシュに並び立つとまで謳《うた》われた剣術《けんじゅつ》の才と、類まれな野心を秘めた男の名だ。

そして、ゲルハルト子爵を裏切り、アーレベルク将軍の下へと走った裏切り者の名でもある。

(当時は、あの男の名を思い出すだけでも腹立たしかったものだ……)

何しろ、ケイルは先の内乱の際に、イラクリオンに向けて軍を進めてきた御子柴亮真の軍勢をテーベ河の畔《ほとり》で迎え撃《う》とうと出陣《しゅつじん》し、大敗を喫《きっ》した。

その際に、ケイルは当時ゲルハルト子爵が多額の資金を投入して作り上げた虎《とら》の子《こ》の私設騎《き》士《し》団《だん》を壊滅《かいめつ》させてしまったのだ。

確かに、戦の勝敗は時の運ではあるし、その事はゲルハルト子爵自身も理解してはいたが、同時に到底《とうてい》看過出来ない損害だったのだ。

だからこそ、ゲルハルト子爵はケイルを痛烈《つうれつ》に罵倒《ばとう》してしまった。

無論、ケイルの失態は本来、その命を持って償《つぐな》うしかない様なレベルだったのは確かだ。

それを、叱責《しっせき》で済ませたというだけで、かなりの温情措置《そち》だっただろう。

少なくとも、当時のゲルハルト子爵は本気でそう考えていた。

(だが、今にして思えば、あれは温情などではなかった。単に自分の感情を爆発《ばくはつ》させただけの事……)

ケイルを何《いず》れは使い捨てると心に決めていながら、それでいて自分の決定が相手に感謝されると本気で考えていたのだから、呆れてしまう。

感情のままに叱責をするなら、ケイルには敗戦の責任を取ってもらい、サッサと殺すべきだっただろう。

また、温情を掛けるのであれば、ゲルハルト子爵の感情を満たす為にしかならない叱責などするべきではなかったのだ。

処刑《しょけい》と温情。

どちらを選んでも良かった筈だ。

少なくとも、どちらかであれば何も問題はなかっただろう。

だが、ゲルハルト子爵はつい中途半端《ちゅうとはんぱ》な対応をしてしまった。

そして、自らの矜持《きょうじ》を傷付けられたと感じたケイルはゲルハルト子爵を見限る。

その結果が、ケイルをアーレベルク将軍の下に走らせた根本的な原因だ。

(ケイルが私を裏切ったのは当然の事。他人に対して無闇に高圧的な態度を取り、敵を作りすぎた……)

結局、自分の感情を制御《せいぎょ》出来ないまま動いてしまったというのが、最大の問題点であったと、ゲルハルト子爵は理解している。

実に、馬鹿げた愚行と言えるだろう。

(そして、あの女も同じ愚行をやっている)

自分が同じ事をしていたからこそ、ゲルハルト子爵はメルティナ・レクターに秘められた問題点を的確に把握《はあく》していた。

そして、その問題点を理解していながら何の手も打つ事の出来ないルピス・ローゼリアヌスという女を心底軽蔑《けいべつ》している。

国という集団の支配者に必要な資質を、彼女達は根本的な部分で勘違《かんちが》いしているのだ。

(そして、その事をあの男は理解している。だからこそ、これほどの兵力差でありながら正面

から北部征伐軍を迎え撃つという戦略を選んだのだ）

表面上、御子柴亮真の戦略は北部征伐軍に対しての補給を断《た》つ事に見える。

城塞《じょうさい》都市イピロスを始めとした北部一帯の住民達《たち》を慣れ親しんだ棲《す》み処《か》から追い立て、北部征伐軍に保護させたのもそれが狙いだろう。

実際、その戦術は高い効果を発揮していた。

ゲルハルト子爵が調べ上げた情報によれば、兵士達に配られる食料の配給量は日を追って減り続けている。

確かに難民を受け入れるとなれば一時的に配給の量を削るのは致《いた》し方《かた》ない事ではある。

気の毒な同胞《どうほう》を助けるという大義名分もあるので、兵士達も異議を唱えにくいというのは確かだろう。

だが問題は、部隊を指揮する貴族階級に対しての配給量は依然《いぜん》と少しも変わらないという点だった。

（これでは、兵士達が不満を抱くのも当然だな……）

ティルト砦《とりで》の攻略がとん挫《ざ》している事もあり、兵士達の指揮は下降線を辿《たど》る一方なのだ。

それでも、今はまだ不平不満を口にする程度で済んでいる。

問題は、このまま彼等《かれら》の不満を放置すれば、不平不満を口にする程度では済まなくなるという点だ。

（勿論《もちろん》、あの女達も御子柴が北部征伐軍に兵糧攻《ひょうろうぜ》めを仕掛《しか》けてきている事は理解している。だからこそ、ミハイルを王都へ戻《もど》したのだからな……だが、そんな対策は誰《だれ》が見ても簡単に予想が付く事だ。となれば、あの御子柴があの女達の動きを黙って見ているとは思えん……何らかの手を打ってくるだろう）

勿論、ゲルハルト子爵は、御子柴亮真が巡《めぐ》らせている策謀の全容を見通す事の出来る智謀《ちぼう》など持ってはいない。

ある程度は読めていても、確証が持てないのだ。

だが、長年の政争に明け暮れてきた権力者の嗅覚《きゅうかく》が、何かあると頻《しき》りに警告している。

具体的な策謀の内容を見通す事は出来なくとも、何かあると感じる事は出来るのだ。

（実に忌々《いまいま》しい事だがな……）

下賤な平民に劣《おと》る自分。

先の内乱で見事に足元を掬《すく》われたという事実から考えても、自分があの若造に劣るのだと理解している。

しかし、それならそれで構わない。

大切なのは、それを踏《ふ》まえた上で自分の利益を確保する事なのだから。

「ならば、やはりどちらに与《くみ》するかは決まりきった事か……」

そう小さく呟《つぶや》くと、ゲルハルト子爵は机の上に置かれていた酒瓶《さかびん》を掴《つか》む。

そして空になっていたグラスに琥珀色の液体を注ぐと、目の高さにまでグラスを掲《かか》げ、一息に飲み干した。

まるで何かを振り払うかのように。

そして、胸元《むなもと》から鍵《かぎ》を取り出すと、袖机《そでづくえ》の引き出しを開けた。

その中に収められていた一枚の書状を取り出し、ゲルハルト子爵は笑みを浮かべる。

それこそが、自らの復権を約束する切り札だと信じて。

第一章　覇王《はおう》の優《やさ》しさ

「今も戦の最中だってのにな。まぁ、お天道様《てんとうさま》にしてみれば、人間が殺し合いをしてようと関係ない……か」

そんな言葉が亮真《りょうま》の口から零《こぼ》れた。

空が窓の外に広がっていた。

青い空、白い雲。

まるで何処《どこ》までも飛んで行けそうな程《ほど》の解放感。

窓からは暖かで穏《おだ》やかな日差しが差し込《こ》んで来る。

「穏やかな日だ……こんな日は中庭で寝《ね》そべりながら読書でもしたら最高だろうな。ついでに酒とちょっとした料理でもあれば言う事なしだ。後で菊菜《きくな》に頼んでみるか……いや、少しばかり不謹慎《ふきんしん》かな？」

それは、御子柴《みこしば》亮真という男の本心。

周囲から覇王とも目されている若き英雄《えいゆう》とは言え、その本質はごく普通の日本人の青年でしかないのだ。

時には息抜《いきぬ》きの時間が欲《ほ》しいというのは当然だった。

ましてや、これほど天気が良いのだ。

中庭に植えられた木陰《こかげ》の下で読書に勤《いそ》しむなど最高の贅沢《ぜいたく》と言える。

恐《おそ》らくローラとサーラもついてくるだろうから、彼女達に膝枕《ひざまくら》でもして貰《もら》えば、更《さら》に言う事なしだ。

とは言え、御子柴男爵家の当主が砦の中庭に寝そべって読書に勤しむというのは確かに外聞が悪いだろう。

(今はルピス女王率いる北部征伐軍との戦の真っ最中だしな……)

確かに、亮真が居る第三層の城郭《じょうかく》の窓からは、戦場の光景を直接目にする事は不可能だった。

ティルト砦は三層構造となっており、北部征伐軍は未《いま》だに第一層の城門を破れないでいるのだから。

当然、ウォルテニア半島の領主にして、このティルト砦の奥深《おくふか》くに陣取《じんど》って今回の戦の総指揮を執《と》っている御子柴亮真が、自分の目で直接戦場の様子を確認《かくにん》している訳ではない。

しかし、前線では今日も大勢の兵士達が殺し合いをしているのだ。

砦の防衛指揮官であり最前線で敵の攻撃《こうげき》を防いでいるリオネから定期的に齎《もたら》される報告を聞けば、その悲惨《ひさん》さは容易に想像がつくだろう。

(幸いなのは、味方の被害《ひがい》が少ない事くらいか……)

流石に被害が0とはいかないのが現状だが、それでも北部征伐軍の兵士達に比べればはるかに軽微《けいび》な状況《じょうきょう》と言える。

（まぁ、そうなる様に準備したんだから当然だけどな）

何しろ、砦の両側は断崖絶壁《だんがいぜっぺき》の岩山であり、城門へと続く唯一《ゆいいつ》の道はじょうごの様に徐々《じょじょ》に先細っていく細長い山道だけ。

如何に大軍で攻め寄《せ》せようとも、攻め口である砦の城門付近に投入出来る兵数には限界がある。

その結果が今の北部征伐軍が置かれた惨状《さんじょう》だ。

御子柴男爵軍は砦からの遠距離《えんきょり》攻撃《こうげき》による自兵力の損害を極力抑《おさ》えるという戦法を取っている為、北部征伐軍の兵士のみが日々の攻城《こうじょう》戦で一方的に目減りしていくという状況だった。

御子柴男爵軍が圧倒的《あっとうてき》に優勢と言って良い程の戦況《せんきょう》。

当然、ティルト砦の主である若き覇王の顔にも、自信と覇気《はき》が漲《みなぎ》っている。

それはまさに、自らの行動に確信と信念を抱いている人間の顔と言えるだろう。

（まぁ、それもこれも、このティルト砦建設の際に仕込《しこ》んだ、様々な防衛設備と、それを適切に運用出来る現場指揮官のおかげだ）

勿論、防衛戦において地形は重要な要因ではある。

そう言う意味からすれば、この天険に砦を築く事を考えだした亮真の功績は大きい。

だが、それだけでは勝利は覚束《おぼつか》ない。

（一応、俺《おれ》も兵法書はそれなりに読んでいたから、防衛戦の知識自体は持っていたが、所詮《しょせん》は机上《きじょう》の空論。ボルツやリオネの意見を聞いて最終的な砦の設計を決めのは正解だったな……やはり、歴戦の傭兵《ようへい》ってのは、色々と実体験に即《そく》した知識があって助かるぜ……。それに、二人ほど実戦経験豊かな指揮官はそうはいないしな……)

大切なのは、的確な戦術と確固たる指揮系統。

そして、それを実現する為には、優秀《ゆうしゅう》な家臣の力が必要である事を亮真は理解していた。

特に、千変万化《せんぺんばんか》する前線で適切な指揮を執り続けるというのは、才能だけでは難しい。

【紅獅子《べにじし》】のリオネが率いる部隊は、文字通り御子柴男爵軍の中核《ちゅうかく》を担《にな》う部隊と言っていいだろう。

それは、豊富な実戦経験を持つ傭兵達《ようへいたち》を指揮系統に組《く》み込んだ、粘《ねば》り強《づよ》く最も多様性に富んだ部隊。

勿論、彼等にはロベルト達が率いる騎馬隊《きばたい》が持つ暴風にも似た強烈《きょうれつ》な突破《とっぱ》力はない。

それは言うなれば驚くべき才能と、苛酷《かこく》で豊富な実戦経験の果てに生まれた奇跡《きせき》と言ってもいいかもしれない。

(あの二人は規格外だからな)

少なくとも、ロベルト・ベルトランとシグニス・ガルベイラの、二人の様な存在は、経験を積み重ねたとか、才能に恵《めぐ》まれている程度では作り出せない化け物だ。

それはまさに、御子柴男爵家の保有する最強の矛《ほこ》。

二人が率いる騎馬隊が、御子柴男爵家の保有する部隊の中で最強と目されるのも当然と言えるだろう。

そして、そんな二人に比べれば、確かにリオネが率いる部隊には、そこまでの攻撃力《こうげきりょく》はない。

(だが、その代わりにリオネさんの部隊には、極《きわ》めて高い汎用性《はんようせい》がある)

野戦攻城戦を問わず、歩兵としても、弓兵としても、工兵としても、常に一定以上の戦果が期待出来る多能性は、千変万化する戦場において何よりも代えがたい特性だ。

そして、そんな多能性を実現出来た要因こそ、かつてリオネが率いていた傭兵団【紅獅子】の傭兵達を中級指揮官として各部隊に分散配置した結果だと言えるだろう。

そして今、彼等一人一人が持つ豊富な実戦経験が、文字通りティルト砦の防衛を鉄壁《てっぺき》としていた。

(とは言え、これだけの戦果を得られた要因は、それだけが理由ではないけれども……な)

亮真は微《かす》かに唇《くちびる》を吊《つ》り上げて嗤《わら》った。

それは、敵に対しての嘲笑と侮蔑《ぶべつ》の混じった暗い笑《え》み。

本来なら戦の最中で感じるには不釣《ふつ》り合いな感情だ。

恐らく、砦の防衛による被害が非常に少ないという事実と、雲一つない空が亮真の心にほんの少しの油断を生じさせたのだろうか。

とは言え、石橋を叩《たた》いて渡《わた》るという言葉がピッタリな程に慎重《しんちょう》な性格である、御子柴亮真という男には珍《めずら》しい事と言えるだろう。

だが、そんな思いを抱くのも当然と言えば当然なのだ。

現状の全てが、御子柴亮真という男の想定通りに事が進んでいるのだから。

砦の防衛を行う上で、最も大切なのは兵士達の士気の維持。

それはある意味、籠城戦《ろうじょうせん》においては兵士の数や質、或いは武器や兵糧《ひょうろう》よりも戦の勝敗を左右する重要な要素と言えるだろう。

極端《きょくたん》な話、豊富な武器や兵糧を確保していても、兵士の士気が低下すれば城は落ちる。

どれほど肉体的に強靭《きょうじん》で、武術に長《た》けた強者であっても、戦いの勝敗を分けるのは戦おうという意志なのだから。

車に例えるなら、どれ程の馬力を誇《ほこ》るエンジンでも、ガソリンを入れなければ単なる置物と変わらないのと同じだ。

逆に、武器や兵糧が底を突いたとしても、兵の士気さえ保つ事が出来るのであれば城が落ちる事はない。

（まぁ、現実的には飢《う》え死《じ》にするまでの短い間ではあるから、最終的には落城しちまうだろうけどな……）

それでも、死を覚悟した死兵が守る城は攻《せ》め手《て》側にとって恐怖《きょうふ》でしかない。

それほどまでに兵の士気とは戦にとって重要な要素なのだ。

だからこそ、名将と呼ばれる人間達は、兵の士気を如何に保つかという事に腐心《ふしん》してきた。

そして、この年若き英雄もまた、その重要性は十二分に理解している。

（問題なのは、如何に堅固《けんご》な砦に籠《こ》もっていても、籠城戦において周囲を敵に囲まれているという状況は、守備側の兵士達の心理に多大な負荷《ふか》を掛け続けるって事実だ……）

勿論、ティルト砦の後方は御子柴男爵領であり、本拠地であるセイリオスの街との補給線が寸断されている訳ではない。

そう言う意味からすれば、楚の項羽《こうう》が垓下《がいか》の戦いで四面楚歌《しめんそか》に陥《おちい》った様に、敵の軍勢の中にティルト砦だけがポツンと取り残されている訳ではないので、兵士達が受ける心理的圧迫《あっぱく》はまだマシではあるだろう。

だが、目の前に、自軍の何倍もの軍勢が駐屯《ちゅうとん》している光景は砦を守る兵士達にとって、決して看過出来ない脅威《きょうい》と言える。

如何《いか》に堅牢《けんろう》な砦の中に居ても、殺気立った敵の喊声《かんせい》や、彼等の放つ殺気は明確に兵士達の心を打ち据《す》えるのだ。

それに、野戦と異なり砦に籠もっての籠城戦における守備側と言うのは、戦端《せんたん》を自らの意思で開く事が出来ない。

勿論、砦から打って出るという選択肢《せんたくし》も存在するが、それはあくまでも奇策に近い戦術であり、基本的には常に敵の攻撃に対して受け身になるのが普通だ。

そして、この敵の攻撃に対して常に受け身と言うのが、防衛側の兵士達にとって大きな心理的負荷《ストレス》となる。

その結果は言うまでもないだろう。

実際、古今東西の歴史書には、この兵士達の士気の低下によって籠城戦に負けた憐《あわ》れな武将の末路が多く記されているのだから。

(つまり、主導権を取れない守備側だからこそ、目に見える形での戦果が必要になる訳だ……そして、その最も効果的な戦果とは……敵兵の死体……)

簡単に言えば、攻め寄せる敵兵の死体が多ければ多い程、守備側は自らが立て籠《こ》もる城や砦の堅牢さを自覚する。

そして、自らの勝利を確信するのだ。

自分だけは決してこの戦で死ぬ事はないのだと。

勿論、それは一種の錯覚《さっかく》や思《おも》い込みに近い感覚だろう。

だが、その錯覚や思い込みは、兵士達にとって自信となり死の恐怖を和《やわ》らげる。

その為に、万全《ばんぜん》と言って良いだけの策と防衛兵器の準備をしてきたのだから。

(まぁ、北部征伐軍の損害自体はそこまで大きくはないから、そこ迄《まで》楽観視するのも問題だろうが……ね)

実数にして一万人を超《こ》えたかどうかと言ったところだろうか。

だが、これはあくまでも戦線を離脱《りだつ》した数でしかない。

この数の中には重軽傷者も含《ふく》まれているので、戦死者としてはその三分の一を超えるかどうかと言ったところだろう。

言うなれば、有力な貴族家が保有する騎士団が一つ全滅《ぜんめつ》したようなものだろうか。

そしてそれは、公爵位を持つような大貴族家においても家門の存亡にかかわる大事となる。

しかし、それはあくまでも一貴族家として考えた場合の話。

少なくとも、一万人という損害がこの北部征伐という戦の勝敗を左右するほどではないという事もまた事実だろう。

勿論、数字だけを見れば戦闘《せんとう》不能者が一万人と言うのはかなり大きな数字だ。

何しろ、中規模と呼ばれる都市の住民と同じくらいの人間が死んだのだから。

だが、何しろ北部征伐軍は当初、二十万人を数える大軍だったのだ。

確かに、御子柴亮真が仕掛けた城塞都市イピロスを餌《えさ》とした大規模な火計によって、北部征伐軍は三万近い損害を出しはした。

しかし、それでもティルト砦の攻城戦を開始した段階で、十七万人という膨大《ぼうだい》な兵力を誇っていた。

そこから一万程の兵が戦闘不能となったところで、北部征伐軍には未だ十五～六万もの兵力が残されている計算になる。

勿論、正確な数字は分からない。

だが、斥候《せっこう》部隊の報告などから考えても、亮真の見立てが大きく外れる事はないだろう。

そう考えた時、今回のティルト砦攻城《とりでこうじょう》戦で一割にも満たない兵力を失ったところで、北部征伐自体を途中《とちゅう》で諦《あきら》める指揮官はいない。

(ましてや、北部征伐軍を構成するのは、特権意識に凝《こ》り固《かた》まった貴族達。そんな彼等の面子に掛けて敗北を認める訳がない。戦略的撤退《てったい》も今の段階では難しいだろうな)

仮に、今の北部征伐軍が置かれている状況を理解出来る貴族が居たとしても、そのこと自体にはあまり意味はないのだ。

少数の人間が状況を理解しても、集団の意思決定に大きな影響《えいきょう》を齎す事は難しいのだから。

悪貨は良貨を駆逐《くちく》するの言葉の如く、そんな良識ある言葉は、周りの強硬論《きょうこうろん》に押《お》し流《なが》されて泡《あわ》のように消えてしまう。

だがその一方で、このまま何の戦略もなくただ闇雲《やみくも》に攻城戦を続けようという指揮官もいない。

（多少でも戦って奴《やつ》を理解している指揮官ならば、最初からこの砦を力攻めで落とそうなんて戦術を選ぶとは思えないけれども……な）

少なくとも、この砦を作り上げた張本人である亮真がこのティルト砦を攻めるならば、力攻めで正面から攻めかかる様な愚かな戦術は決して選ばない。

いや、仮に亮真がこのティルト砦の概要《がいよう》を知らなかったとしても、力攻めの選択《せんたく》は有り得ない。

外から一望しただけで、この砦の堅牢さが手に取るように分かるのだから。

仮に亮真が、何らかの理由でどうしても力攻めを敢行《かんこう》すると決断したならば、最低限の事前準備として、砦内の守備兵を砦の外に誘《おび》き出すなどの計略を仕掛けるだろう。

（地の利を押さえた砦を攻め落とすとなれば、その程度の工夫《くふう》はして当然だからな……）

いや、様々な手段を用いても尚《なお》、落城まで攻めきれないのが攻城戦の怖《こわ》さ。

だからこそ、古今東西の兵法書によって、攻城戦の為の破城槌《はじょうづち》や攻城櫓《こうじょうやぐら》と言った様々な兵器や、土竜《もぐらぜ》攻めや水攻《みずぜ》めなどの戦術が受け継《つ》がれてきた訳なのだから。

（とは言え、その程度の軍略は【ローゼリア王国の白き軍神】と謳われたエレナ・シュタイナーほどの女傑《じょけつ》であれば、攻城戦を始める前の段階で容易に導き出した筈だ）

それは兵法書を読んだ事があるかどうかではない。

幾多《いくた》の戦場を生き抜《ぬ》いてきた歴戦の勇士であれば、経験則として理解していて当然と言える結論。

そうでなければ、【ローゼリアの白き軍神】とまで謳われる程の軍功を得るなど、不可能だっただろう。

（にもかかわらず、この単調な力攻めを行ったという事は、エレナさんが貴族連中を抑えきれなかった証と考えて良い……か）

エレナ・シュタイナーはローゼリア王国の誇る軍神であり、表向きは北部征伐軍の総指揮官という役職に就《つ》いてはいるが、役職に見合うだけの決定権を持っているかといえば、否というしかないのが実情だった。

何しろ、エレナを総指揮官に任命したルピス女王自身が、エレナ・シュタイナーという女を本当の意味で信じ切れていないのだ。

当然、ルピス女王はエレナの指揮権を限定的なものに制限しようとするだろう。

そんな状況で欲望と武功に猛《たけ》る貴族連中を抑え込むのは事実上不可能と言える。

状況を素直《すなお》に解釈《かいしゃく》すれば、エレナの指揮に従う事を良しとしない貴族達の勇み足と見るのが正しい筈だ。

しかし瞬間《しゅんかん》、亮真の脳裏《のうり》には別の可能性が浮《う》かんだ。

(或《ある》いは、メルティナ辺りがこちらの思惑《おもわく》を逆手にとって、ゴミ掃除《そうじ》を画策したって事も考えられるか?)

制御出来ない味方を敵にぶつけて消耗《しょうもう》を強《し》いる。

それは実に合理的な策と言えるだろう。

少なくとも、兵糧攻めにもならない布陣《ふじん》を続けて、無駄《むだ》に兵糧を消費されるよりははるかにマシだ。

考えれば考える程、亮真はメルティナの狙《ねら》いが手に取る様に透《す》けて見えた。

(成程《なるほど》な……確かに悪くない策と言えるだろうが……)

だが、亮真の顔に憐れみとも嘲笑とも尽かない苦笑いが浮かぶ。

何よりも血脈と面子を重んじるのが、貴族と呼ばれる存在の特徴《とくちょう》ではある。

これは、地球も異世界であるこの大地世界《アース》でもさほど変わりはしない。

民の上に立つという行為《こうい》を正統化する上で、そう言った特権意識を持たざるを得ないのだろう。

そして、このローゼリア王国に割拠《かっきょ》する貴族達が、この西方大陸に存在する貴族達の中でも、特に強烈な特権意識を持っている事もまた事実。

ましてや、彼等は二十万とも言われる軍勢を結集したのだ。

成り上がりの男爵家《だんしやく》を踏み潰《つぶ》すなど造作もないと考えたとしても、それほど不思議ではないだろう。

いや、そう彼等が考える様に、亮真が思考を誘導《ゆうどう》したと言った方が正しい。

そして、そんな亮真の思惑をメルティナ・レクターは利用したのだ。

(まぁ、王家が国の運営を担う本来の形を実現するとなれば、この国に巣食う大半の貴族連中は邪魔者《じやまもの》でしかないからな……貴族院の一件で大分削《けず》ったが、まだまだこの国に巣食う寄生虫は多いだろう。そう言う意味からすれば悪くない判断と言えなくもないか……)

勿論、亮真がこのローゼリア王国を本気で立て直すとしたら、最初に行うのは数百家とも千家とも言われるローゼリア王国貴族の整理だ。

そう言う意味からすれば、メルティナと御子柴亮真は同じ手段を取ると言えなくもないのだ。

過去の直情的で愚直《ぐちよく》とも言える正義感に縛《しば》られた、メルティナ・レクターという女から見れば、それはまさに恐るべき成長と言える。

だが、亮真ならばこんな形での切り捨て方は絶対に選ばない。

少なくとも、綿密な下準備を施《ほどこ》してからでなければ、貴族達の排除《はいじよ》に手を付ける事はない。

いや、より正確に言えば出来ないという方が正しいだろうか。

(ポイントは、貴族連中を切り捨てると決断した際の問題点を、メルティナがきちんと理解しているかだが……)

貴族達を切り捨てるという決断自体は悪くない。

だが、それを実施《じっし》した事による影響と、それに対する対策の必要性を何処まで理解しているかはかなり疑問と言える。

(まぁ、そっちは期待薄《きたいうす》だろうなぁ)

貴族院での一件の際に見せたメルティナの態度から推測するに、彼女《かのじょ》は貴族達をルピス女王による王国統治における障害物としてしか認識《にんしき》していない。

それはある意味、国王の側近という立場であるメルティナには当然の事ではあるだろう。

ただ、だからと言ってメルティナの判断が正しいとは限らない。

「まったく……敵ながらエレナさんには同情するぜ……あんな阿呆《あほう》共の指揮をしながら、このティルト砦を攻めるんだから……な」

それは果たして、誰の事を指しているのだろう。

メルティナか、それとも彼女に切り捨てられる傲慢な貴族達か。

ただどちらにせよ、亮真から見ればそれは明確にして致命的《ちめいてき》な急所だ。

そして、戦の本質は敵の弱みを攻め、強みを殺す事である以上、その急所を抉《えぐ》る事を躊躇《ためら》う理由などない。

人に限らず生き物は一度痛い思いを経験すると、二度と味わうまいと学習をする。

メルティナ・レクターという女が、貴族達の排除を意識したのも、先の内乱の際に痛い目を見たからだ。

いわば学習したという事であり、本来であれば褒《ほ》められるべき事だろう。

少なくとも、過去の愚直とも言える騎士道《きしどう》精神に凝り固まっていたメルティナの言動や考え方からすれば格段の進歩と言える。

そして、そのことを認めない程、亮真は狭量《きょうりょう》ではない。

しかし、だからと言って手放しで褒めるという訳でもなかった。

(成長は認める……だがな、失敗してから悟《さと》ったのでは遅《おそ》いんだよ……)

勿論、失敗しない人間は存在しない。

実際、亮真自身も過去に幾度《いくど》となく失敗を重ねてきている。

だから、失敗から気付く事が意味を持たないとか、無駄だとは思っていない。

しかし、戦況は刻一刻と変わる。

最初の一手が二手先、三手先にまで影響し、互《たが》いに影響を及《およ》ぼしていくのが戦だ。

そして、二度と同じ戦況になる事はない。

酷似《こくじ》した状況位になる事はあるだろうが、それはあくまでも似通っているだけの話。

だから当然、対策もその状況《じょうきょう》状況《じょうきょう》に応じて、微調整《びちょうせい》する必要がある。

そう言う意味からすると、失敗をただ無闇に教訓にするという行為は、ある意味では危険といえるのだ。

(まぁ、どちらにせよ、今は敵の出方を待つしかない)

如何に暗愚《あんぐ》で傲慢な人間が多いローゼリア王国の貴族達でも、流石《さすが》にこのままでは埒《らち》が明かないと判断したのだろう。

圧倒的な兵力を笠に力攻めを繰《く》り返してきた北部征伐軍も、ここ二日ばかりは城門に攻め寄せる様子もなく沈黙《ちんもく》を守っている。

油断は出来ないだろうが、必死になって警戒《けいかい》する必要もない状態。

言うなれば台風の目に入った様なものだろうか。

だからこそ、こうして療養《りょうよう》中の家臣の私室を訪《おとず》れる余裕《よゆう》もある訳だ。

(連中が次の手を考えるまでの小康状態ってところか……もっとも、直ぐに連中も自分達の尻《しり》に火が付いている事を、嫌《いや》でも理解することになるだろうがな)

その為の布石は既《すで》に打っているのだから。

そんな事を考えているうちに、目的の部屋の前に辿り着いた亮真は足を止めた。

そして、扉《とびら》の前に立ち尽《つ》くす。

(さて……中々に緊張《きんちょう》するものだな……)

先ほどまでの覇気に溢《あふ》れた姿と異なり、今の亮真は年相応の若者の様に見えた。

扉をノックして、訪《おとな》いを告げれば済むだけなのに、その言葉が中々出てこないのだ。

余程《よほど》、緊張しているのだろう。

そして、そんな自分自身の行動を自覚しているのか、周囲に素早《すばや》く視線を走らせる。

何しろ、如何に家臣とは言え相手は妙齢《みょうれい》の女性。

男として、それなりに格好を付けたいと思うのも当然と言えるし、主君が戦の最中に女にうつつを抜かしているなどと下世話な噂《うわさ》を立てられても困るのだ。

(まぁ、有り得ないとは思うけど、念《ねん》の為……な)

それは、周囲に揶揄《からか》われる事を恐れて、クラスメイトの女の子に話しかける事を躊躇う様な男子高校生の心理に近いだろうか。

勿論、亮真自身もそう言った考えが気にし過ぎなのは分かっている。

いわば自意識過剰《かじょう》という奴だ。

だが、それを理解していても尚、意識せずにはいられないのが人間の感情なのだろう。

そう言う意味からすれば、未だに初心《うぶ》な若者なのだ。

とは言え、それはあくまでも御子柴亮真という青年からの視点でしかない。

亮真自身は知る由もないが、御子柴男爵家を支える家臣達にしてみれば、逆にさっさと妻や妾《めかけ》を迎《むか》え入れて、世継《よつ》ぎを作る事に精を出して貰いたいというのが本音なのだ。

勿論、今は北部征伐軍を迎え撃ち真っ最中である為、時期的には不適切ではあるだろう。

だが、それを踏まえても、主君の世継ぎ問題は、家臣にとって極めて優先度の高い案件だ、
何しろ、御子柴男爵家は亮真が一代で築きあげた家門だ。

それ故《ゆえ》に、血縁者《けつえんしゃ》が存在しない為、後継者《こうけいしゃ》が存在しない。

それこそ、今日明日に何らかの理由で亮真が死ねば、御子柴男爵家はそこで終わりだ。

限りなく低い可能性ではあるが決して零《ぜろ》ではない。

それに、そう言った打算的な理由を除いても、亮真が心配するような事態に陥る可能性は低

い。

何しろ、マルフィスト姉妹《しまい》を始め、リオネやシモーヌと言った御子柴男爵家に仕える女性陣《じょせいじん》は皆《みな》、多かれ少なかれ御子柴亮真という男に対して家臣が持つ忠誠以上の感情を抱《だ》いている。

黒エルフであるディルフィーナなどは、亮真が求めれば種族間の懸《か》け橋《はし》となるべく、喜んで応じる筈だ。

何しろ、父親であり黒エルフ族の長であるネルシオスからも、機会があるなら閨《ねや》を共にするようにと、強く言い含められているのだから。

だから、仮に彼女達《かのじょたち》の誰かと亮真が男女の関係になっても問題は何もない。

正式な婚姻《こんいん》関係にまで発展するかはさておき、誰も不満には思わないだろう。

いや、不満に思うどころか周囲は心から祝福する。

何しろ、主家の後継《こうけい》問題という重大事項《じこう》に光明が差すのだから。

だが、そう言った家臣達が抱く想《おも》いを知らない当事者にしてみれば、決して笑い話では済まないのも確かだ。

そして、そう言った諸々《もろもろ》のリスクや感情を考慮《こうりょ》しても尚、亮真がこの部屋に訪れる事を決めたのは、それ相応の理由が存在している。

（さて……）

窓ガラスに映る自分の顔を確認し、軽く髪《かみ》の毛《け》を撫《な》でつける。

そこに映るのは、普段《ふだん》と変わらぬ老《ふ》け顔《がお》の青年。

だが、その装《よそお》いは貴族としての格式に満ちた服装。

また、髪には丁寧《ていねい》に櫛《くし》を通してあり、オールバックに固めてある。

そこにあるのは、威厳《いげん》に満ちた王の姿だろう。

(こんなものか)

一応はローラとサーラに身だしなみを整えて貰ってはいるので大きな問題はない筈なのだが、部屋を前にして最終チェックと言ったところだろうか。

普段であれば、亮真は此処《ここ》まで自分の身だしなみに頓着《とんちゃく》はしない。

勿論、碌《ろく》に洗濯《せんたく》もしていない様な異臭《いしゅう》の漂《ただよ》うシャツを着ている様な事はないが、逆に言えば清潔で布地に穴などが開いていなければOKと考える手合いなのだ。

少なくとも、ファッション雑誌を片手に、あれやこれやとコーディネートを考える様な人間ではないし、髪型《かみがた》にだってそこまでのこだわりはなかった。

それこそ行き付けの床屋《とこや》で、「いつもと同じ様に！」と伝えて終わりなのだから。

年齢的《ねんれいてき》には最もファッションに注意を向けるべき年齢《ねんれい》でありながらだ。

だが、今迄はそれで済んできてしまった。

日本で暮らしている時は、学生の身分だったから冠婚葬祭《かんこんそうさい》の場では制服を着ればそれで済んでしまう。

また、女の子とのデートなどもしたことがない。

勿論、多少不愛想な老け顔である事を除けば、亮真は比較的《ひかくてき》整った容姿た。

実際、何回か誘《さそ》われもしている。

だが、亮真は正直に言って、同年代の少女にあまり関心が持てない所為《せい》でその全てを断っていた。

勿論、彼女達の容姿や年齢に問題があるという訳ではない。

精神的な部分で未熟さを感じさせられるのだ。

同じ理由で、亮真には友人と呼べる存在が居ない。

最低限の付き合いはするが、それ以上は関わらないというのが亮真の基本的なスタンスなのだ。

だから当然、同世代がファッションに関して話していても、ちんぷんかんぷんだし、興味を持てないのだ。

もし亮真が服に関して悩《なや》むとすれば、対刃素材《たいじん》かどうかや、暗器をどこに忍《しの》ばせるかくらいのものだろう。

また、大地世界に召喚《しょうかん》されてからは、最低限の身なりを整える事で精いっぱいだったのもたしかだ。

この大地世界で、大半の人間は着の身着のままで、服装に拘《こだわ》りを持つ存在は貴族階級だけなのだから。

だから今回、咲夜《さくや》の部屋を訪問すると告げた亮真に対して、マルフィスト姉妹の激烈《げきれつ》とも言える反応は、亮真にとっても予想外だったのは確かだ。

先ほど繰り広《ひろ》げられた光景を思い返し、亮真は思わず苦笑いを浮かべる。

(「亮真様は女心を分かっていません！」……か)

そう言うとローラは当惑《とうわく》の色を隠《かく》せない亮真を椅子《いす》に座《すわ》らせると髪に櫛を通した上、何やら良い香りのする油を使ってオールバックに整えたし、サーラは先日貴族院に召喚された時に身に着けたのと似たデザインの服を何処からともなく取り出して、亮真に着替《きが》える様に命令したのだ。

そして姉妹の剣幕《けんまく》に、若き覇王は素直に白旗を上げて従うしかなかった。

見舞《みま》いの品には及第点《きゅうだいてん》を貰えたが、もし事前に準備してなければ、もっと苛烈《かれつ》に糾弾《きゅうだん》された事だろう。

(まさか、二人からあんなに言われるとはな)

この大地世界に召喚されてから、寝食《しんしょく》を共にしてきた腹心。

文字通り、苦楽を共にしてきた存在だ。

そんな彼女達の駄目《だめ》出しは、亮真にとってもかなり重い。

正直に言えば、未だにマルフィスト姉妹の反応は過剰だと思わなくもない。

だが同時に、御子柴男爵《だんしゃく》家の当主としては、普段の黒シャツや鎧姿《よろいすがた》というのは確かに外聞が悪いと言う事も理解はしている。

貴族や王が派手な格好をするのは決して、単純な自己顕示《けんじ》欲《よく》からだけではない。

彼等は本能的に理解しているのだ。

自分達がある種の神輿《みこし》である事を。

そして、みすぼらしい神輿を担《かつ》ぎ上げたいと思う人間は居ないという現実を。

(まぁ、相応《ふさわ》しい装いをするべきなんだろうな)

今の亮真は現代日本で暮らす、どこにでもいる高校生ではない。

その両手を真っ赤な血で染めながら、何万もの兵士達を率いる貴族であり覇王なのだ。

だからこそ、それに相応しい装いをするべきなのだろう。

そんな事を考えながら、亮真は大きく深呼吸をして覚悟《かくご》を決めると、部屋の扉をノックした。

まずは、目先の仕事を片付ける為《ため》に。


伊賀崎《いがさき》咲夜はその日、思いがけない客人を自室へ入れる事となった。

その顔に浮かぶのは、驚愕《きょうがく》と羞恥《しゅうち》。

まさに、穴があれば入りたいと言ったところだろうか。

(まさか御屋形《おやかた》様がいらっしゃるなんて……)

そんな思いが胸中を過り、寝間着《ねまき》姿の咲夜は思わず胸元を布団《ふとん》で隠した。

だが、今更《いまさら》どうしようもないのも事実だ。

(御屋形様も来られるなら来られると、先に誰かに言《こと》づけてくだされば宜《よろ》しいものを……それなら私もそれなりの準備をしていたのに……)

先日受けた矢傷の療養で、ベッドの上に横たわっていた咲夜は、ノックの音を聞き何時身の回りの世話をしてくれているメイドが来たのかと思い、おざなりな許可を出したのだが、ものの見事に裏目に出てしまった訳だ。

(あぁ、今更出て行って欲しいなんて言える訳もないし……)

相手が主君であっても、入室の許可を出す前であればまだ打つ手はあったのだ。

だが、一度《ひとたび》入室を許可してしまっては、今更どうする事も出来ない。

まさか、敬愛する主君に許可は間違《まちが》いなので部屋から出て行って欲しいなどとは口が裂《さ》けても言える筈《はず》がないのだ。

勿論、御子柴男爵家の当主である亮真が供も連れずに臣下の部屋を訪問することの方が、本来ならばあり得ないと言える。

少なくとも、大地世界の常識に照らし合わせればそう言う事になっているのは事実だ。

だから、開け放たれた扉の後に姿を現した主君の顔を見た時、咲夜は目の前の光景を理解出来なかった。

そして、数瞬《すうしゅん》の後に状況を理解した咲夜の顔から、文字通り血の気が引いた。

何しろ、今の咲夜は療養中だ。

ましてや此処は咲夜に宛《あて》がわれた私室。

リラックス出来る寝間着姿なのは当然と言える。

だが、それは現代風に言うならばジャージやパジャマ姿でのんびりしていたという感覚に近いだろう。

勿論《もちろん》、本来であれば何も問題はない。

だが、一人の女として、伊賀崎咲夜は自らの迂闊《うかつ》さを呪《のろ》っていた。

羞恥で咲夜の顔はうっすらと紅潮し布団を握《にぎ》る手には力が入っている事からも、そんな心の内を簡単に窺《うかが》い知る事が出来るだろう。

だが、そんな咲夜の心境に気が付かない男がいる。

いや、気が付かないフリをする事に決めたという方が正しいだろうか。

「まぁ、とりあえずこれは見舞いの品だ。菊菜さんに頼《たの》んで作ってもらったマカロンなので味は保証済みだぞ」

そう言って笑うと、御子柴亮真は手土産《てみやげ》として持ってきた菓子箱《かしばこ》を差し出した。

一見すると平静を保った態度だが、微妙《びみょう》に咲夜から視線を外しているところが、そんな努力を無意味なものにしてしまっている。

「ありがとうございます」

そして、そんな亮真に対して、ベッドの上に体を起こした咲夜もまた、ぎこちない笑みを浮かべながらお礼の言葉を口にすると、差し出された菓子箱を受け取り、ベッドの脇《わき》に置かれていた机の上に置いた。

(態々《わざわざ》料理人に命じて作らせたお菓子《かし》だなんて……)

本職の菓子職人《パティシエ》ではないとはいえ、フランス料理のシェフである鮫島《さめじま》菊菜が作った品だ。

本場フランスの味に限りなく近い味わいなのは保証出来るだろう。

それは、現代日本でも中々味わえない品だ。

ましてや此処は大地世界。

砂糖ですら貴重なこの世界では、菓子を口に出来る人間は極めて限られてくる。

亮真自身は現代日本人の感覚として、見舞《みまい》に手ぶらでは格好がつかないからという理由で、それなりに日持ちのする焼き菓子を選んだのだが、渡された人間にしてみれば、まさに黄金を手渡《てわた》されたような感覚だろうか。

ましてや、渡してきた人間が主君となれば、如何《いか》に咲夜が冷徹《れいてつ》な忍びであっても平静を保つのは難しいだろう。

そして、部屋の中を沈黙が支配する。

(どうしよう……何か言わなければ……)

そんな想いだけが咲夜の心を過るのだが、どうしても口を開く事が出来ず、咲夜は押し黙《だま》ってしまう。

それこそ、「美味《おい》しそうなお菓子をありがとうございます。折角《せっかく》なので一緒《いっしょ》に食べましょう」とでも言えば、会話のきっかけになるのだろうが、その最初の一言がどうしても口から出てくれないのだ。

伊賀崎衆《しゅう》を束ねる次世代の長老衆の一員になる事がほぼ決まっており、部下達《たち》からも信頼《しんらい》の篤《あつ》い咲夜であっても、その本質は未だに年若き乙女《おとめ》でしかない。

その上、咲夜が祖父である厳翁《げんおう》から仕込まれたのは、あくまでも暗殺や破壊《はかい》工作と言った仕事に用いられる技術と、実行部隊である下忍達《げにんたち》を管理監督《かんとく》する上忍《じょうにん》としての技能が殆《ほとん》どだ。

つまり、伊賀崎咲夜という女は忍びとしては一人前ではあっても、女の体を用いて情報収集を行う様な俗《ぞく》に言うところの房中術《ぼうちゅうじゅつ》に関しては素人《しろうと》同然と言える。

勿論、知識としては持ち合わせていても実践《じっせん》経験がないのだ。

まぁ、それもある意味では当然だろう。

伊賀崎衆は忍びの集団である為、情報収集の技術にも長けており、その中には商売女に身をやつして酒場や売春宿に潜入《せんにゅう》する技術も持ってはいるが、態々次世代の伊賀崎衆をしょって立つ人材に、俗に言うところの汚《よご》れ仕事をさせる必要などないのだから。

そして、それはそのまま男性経験の有無《うむ》にも直結してくる。

勿論、必要とあればその身を汚す事を、咲夜は厭《いと》わない。

伊賀崎厳翁から仕込まれた忍者《にんじゃ》としての業《ごう》が、一人の女としての幸せよりも、主家の為の献《けん》身《しん》と犠牲《ぎせい》を咲夜に強いるのだから。

厳翁も、必要ならば咲夜を犠牲にする事に躊躇いはないだろうし、それは本心からの決断。

しかし、それはあくまでも必要であれば……だ。

それはある意味、矛盾《むじゅん》した感情と言えるのかもしれない。

だが、それで構わないのだ。

伊賀崎衆の長老としての立場と、伊賀崎咲夜という孫娘《まごむすめ》を愛する祖父という二つの立場が存在しているのだから。

そして、それは咲夜も同じと言える。

しかし、矛盾が生じるのは、あくまでも最強の矛《ほこ》と盾《たて》がぶつかり合った時の話。

二つがぶつかり合うまでは、最強の矛と最強の盾は共に存在する事が出来るのだから。

しかし、もし仮にこの部屋に厳翁が居れば、二人の間に流れる何とも言えない空気を察し、もどかしさを感じたに違《ちが》いない。

そして咲夜に対して、もっとくノ一としての経験を積ませるべきだったと悔《く》やんだ事だろう。

(もしこの部屋にお爺様《じいさま》が居たら、覚悟が足りないと怒《おこ》られるでしょうね……或いは、お梅《うめ》様やお冴《さえ》様の下で再び修行《しゅぎょう》をする羽目になるのかしら……)

咲夜の脳裏に、二人の老女が浮かぶ。

お梅とお冴というこの二人は、くノ一達の指揮管理の他に教育も担っている手練《てだ》れの忍び。

今でこそ長老衆の一員として現場に出る事は殆どないが、二人共若い頃《ころ》は相当な美形の上、房中術の腕前《うでまえ》と、男を誘惑《ゆうわく》する手練手管は折り紙付きだったという。

実際、貴族はおろか王族であっても骨抜《ほねぬ》きになったというから、色事に関してはまさに神業《かみわざ》を誇ると言っていい。

そんな彼女達に指導をして貰《もら》えば、咲夜の女っぷりにも更《さら》なる磨《みが》きがかかるに違いない。

(まぁ、それも悪くはない……かもね)

そして咲夜は、そんな現実逃避《とうひ》にも似た自分の思考に対して思わず苦笑いを浮かべる。

確かに再び彼女達に指導をして貰えれば今回の様な無様な様を晒《さら》す事はないだろうが、それはあくまでも今後についての改善であり、目の前の問題に対して解決策にもならないのは明らかなのだ。

そんな咲夜に対して、亮真が首を傾《かし》げながら問いかけた。

「傷が痛むのか？」

咲夜が一瞬《いっしゅん》浮かべた苦笑いに気が付いたのだろう。

(御屋形様には似つかわしくない不安そうな表情……ね)

ある意味、弱気とさえとられかねない。

だが、それだけ咲夜の身を案じている証とも言える。

そんな亮真に対して咲夜は小さく首を横に振《ふ》った。

「いいえ、頂いた薬のおかげで既に傷は塞《ふさ》がっていますし、痛みもありません」

そんな咲夜の言葉に嘘《うそ》はない。

実際、先日受けた太腿《ふともも》の矢傷は既に跡形《あとかた》もなく消え去っているのだ。

確かに、通常であればそんなに早く治る筈がない。

致命傷《ちめいしょう》ではなかったとは言え、それはあくまでも即死《そくし》や瀕死《ひんし》ではないというだけで、傷口の縫合《ほうごう》に手間取れば失血死の可能性はあるし、破傷風などに罹《かか》る可能性も〇ではないのだから。

だが、そんなあり得ない咲夜の答えに、亮真は満足そうに頷《うなず》いた。

「そうか……流石に黒エルフ族の術師が作った薬だな……大したものだ」

「はい、運よく致命傷は避《さ》けられましたが、これほど早く回復するとは思いませんでした。まさに秘薬という言葉が相応しい物かと」

それは、付与法術《ふよほうじゅつ》に長けた黒エルフ族の中でも、熟練した術師のみが作り出せるという希少な品。

短い時間という制約があるにせよ、それこそ完全に切断された四肢《しし》を後遺症《こういしょう》なしで接合する事も不可能ではない程《ほど》だ。

もし、黒エルフ族と特別な交流を持っていない外部の人間がこの薬を手に入れようとすれば、いったいどれほどの値段が付くか想像もつかない。

まさに、値千金《あたいせんきん》という言葉に相応しい秘宝と言えるだろう。

とは言え、それほどの品を口にする栄誉《えいよ》を受けたにしては、咲夜の口調は何処《どこ》か影《かげ》が潜《ひそ》んでいた。

そして、多少恋愛《れんあい》には奥手《おくて》ではあっても、そんな咲夜の心の内を見逃《みのが》す亮真ではない。

「療養を命じられたのが不満かな？」

その問いを聞いた瞬間、咲夜の手に力が入る。

それはまさに、伊賀崎咲夜という女の胸の奥《おく》に秘《ひ》めた思いを射貫《いぬ》いていたからだ。

とは言え、此処で不満を口にする程咲夜は愚《おろ》かではなかった。

（それに……）

確かに療養を命じられた事に対しての不満がない訳ではない。

未《いま》だに北部征伐《せいばつ》軍はティルト砦《とりで》の外に布陣しており、戦は続いている。

確かに、今のところは守備側である御子柴男爵軍が優勢ではあるが、だからと言って戦況《せんきょう》は刻一刻と変わるのだ。

それに伊賀崎衆の多くは、亮真に命じられた今後の準備の為に奔走《ほんそう》している。

そんな中、矢傷を負ったとは言え、既に日常生活に支障がないくらいまで回復している咲夜が療養を命じられているというのは、確かに不自然ではあるだろうし、当事者からすればその処遇《しょぐう》に不満を抱くのも理解出来ない訳ではないだろう。

だが、咲夜の胸中にある思いはそれだけではなかった。

いや、どちらかといえば主君の信頼を裏切った悲しみや、自分自身に対しての怒《いか》りの方が大きいと言える。

「私は、御屋形様のご期待に背《そむ》きました……」

それは消え入りそうな小さな呟《つぶや》き。

だが、その言葉はやけに大きく部屋の中に響《ひび》いた。

そして、その言葉に亮真は小さく頷く。

「背いた……か。やっぱりそう考えていたんだな……」

その言葉から、咲夜が何を気にしているのかを悟ったのだ。

確かに、城塞《じょうさい》都市イピロスを犠牲にした大規模な火計自体は成功した。

咲夜達、伊賀崎衆の手によって北部征伐軍に大きな痛手を与《あた》えたのは確かだろう。

しかしその一方で、エレナの追撃《ついげき》を受けた咲夜は、ハンググライダーという切り札の一枚を破棄《はき》する羽目に陥った。

「俺《おれ》は、その件に関しては問題ないと言った筈だけどな？」

実際、亮真に咲夜を攻《せ》める意思は毛頭ない。

だが、当の咲夜は無言のまま首を横に振った。

(敵に鹵獲《ろかく》される事を考えれば、やむを得ない判断と言えるし、御屋形様も笑って許してくださったけれど……)

だがその結果、今後の戦略に少なからず修正が入る事になったのは確かだ。

勿論、誰《だれ》もその事で咲夜を責めようとはしなかった。

それは、祖父である厳翁であっても同じだ。

皆、咲夜の立場であればやむを得ない決断だったと理解しているのだろう。

だが、だからと言って、咲夜は自分の判断が正しかったとは思えなかったし、正当化も出来ない。

それは、主君の覇道《はどう》にその身を捧《ささ》げる事を決めた咲夜にとって、決して看過出来ない失態なのだ。

そんな咲夜の様子を見ながら、亮真は小さくため息をついた。

「やっぱり、咲夜は少し真面目《まじめ》過ぎるな……」

そう小さく呟くと、亮真は机の上に置かれた菓子箱へ視線を向けた。

そして、咲夜に向かって手を伸《の》ばすと、そのグローブの様な分厚い掌《てのひら》で頭を優《やさ》しく撫でる。

それはまるで小さな女の子を慰《なぐさ》めるかのような仕草だ。

「甘《あま》い物でも食べて肩《かた》の力を抜いた方が良い。時には息抜《いきぬ》きをしないと持たないぞ？」

思わぬ主君の行動に戸《と》惑《まど》いを感じながらも、咲夜は首を傾げる。

「真面目過ぎる……ですか？」

咲夜の問いに、亮真は穏《おだ》やかな笑《え》みを浮かべながら無言のまま頷いた。

そして、ゆっくりと椅子から立ち上がると、肩越《かたご》しに手を上げながら部屋を後にする。

後は自ら答えを見つけろとでも言う様に。

そんな主君の背を咲夜は扉が閉まるその時まで、ただジッと見つめ続けた。

あのグローブの様な掌から感じた温《ぬく》もりに浸《ひた》りながら……。


次の日の夜、咲夜は再び予期せぬ来客をその部屋に迎えていた。

とは言え、その予期せぬ来客は前回とは少し性質が異なっている。

昨日、主君である御子柴亮真をこの部屋に迎え入れたのは、咲夜にとって完全に想定外の話であったのだが、今夜の来客はこの部屋を訪れる事自体には、何の不思議もない。

何しろ、その来客とは咲夜の血を分けた祖父であり、伊賀崎衆の長である伊賀崎厳翁なのだから。

祖父が孫の部屋を訪ねてもそれほど不思議ではない。

しかしそれには、但《ただ》し書《が》きが付く。

窓際《まどぎわ》に設《しつら》えられたテーブルの上には、色とりどりのマカロンを盛った皿が置かれ、ティーカップからは湯気と共に香《かぐわ》しい香りが部屋の中に立ち込《こ》めている。

「御戻《おもど》りになられていたのですね。ご無事の御帰還《ごきかん》、何よりでございます」

そう言うと、咲夜は祖父である厳翁へ深々と頭を下げる。

まさに、完璧《かんぺき》な礼。

だがそれは、肉親への挨拶《あいさつ》というよりも厳格にして絶対的な上位者に対しての挨拶に近いだろう。

そんな咲夜に対して、厳翁は小さく頷く。

そして、皿に盛られた茶色のマカロンに手を伸ばすと、一口に噛《か》み砕《くだ》く。

本題に入る前に、まずは目の前に置かれた菓子の味を確かめたかったのだろう。

勿論それは、別に厳翁が甘い物に目がないとか、食い意地が張っているという訳ではない。

主君に命じられた任務を遂行《すいこう》する上で、どうしても亮真が持ち込んだという菓子の味を確かめる必要があったというだけの事。

(成程、程よい甘みと砕かれた木の実の香《こう》ばしさが素晴《すば》らしい……)

それは、長い人生経験を積んできた厳翁であってもお目に掛《か》かった事のない味だ。

そして、小さく頷くと一度ティーカップに口を付け、今度はオレンジ色のマカロンへと手を伸ばした。

「こちらは、果実の皮を練《ね》り込んでいるのか……これはまた随分《ずいぶん》と手の込んだ菓子だな。だが、それだけの手間をかける価値はあるか……単なる甘さ以上の美味《うま》さがある」

単なる砂糖の甘《あま》さ以上の複雑な甘味を感じ、厳翁の口から感嘆《かんたん》の声が零《こぼ》れた。

単に砂糖を用いた菓子というだけではない。

果実の皮を刻んで入れたり、ナッツを砕いて生地《きじ》に練り込んだりするなど、実に手が込んでいる。

恐《おそ》らく生地の色毎《ごと》に味が違うのだろう。

（ざっと見ただけで十色はあるか……この一つ一つが違う味だとすると……）

それは食べる人を飽《あ》きさせない配慮《はいりょ》。

厳翁はそこに、咲夜に対する亮真の心遣《こころづか》いを感じた。

そして、そこに込められた意味も。

「御屋形様は随分とお前の事を気に掛けてくださっている様だ……実にありがたい事だな……」

それは、厳翁の本心からの言葉だった。

もし、臣下に興味を持たない様な主君なら、これほど手間の掛かる菓子を下賜《かし》する事などない。

いや、名君と評判の主君であっても、これほどの菓子を臣下に下げ渡《わた》す事はまずないと言っていいだろう。

厳翁の見たところ、この菓子はまさに食べる黄金とも言うべき品。

何しろ、単なる飴玉《あめだま》ですらこの大地世界では貴重品なのだ。

ましてや、果実の皮を練り込んだり、木の実を砕いて入れたりするなど、かなり手が込んでいる。

それらの品はこの西方大陸では手に入りにくい品。

何しろ、忍びとして西方大陸で覇権《はけん》を争う各国の様々な情報を握っている厳翁が、知らない果実や木の実なのだから。

(恐らく、中央大陸か南方大陸からの交易品だ……)

それだけで、この品の価値が分かるだろう。

確かに、御子柴亮真という男は、大地世界の常識から考えると、信じられない程家臣を大事にする人間だ。

だが、だからと言って家臣の全てを同列に扱《あつか》うかといえばそんな事は有り得ない。

能力と実績、そして信頼度《しんらいど》を考慮した純然たる差が其処《そこ》には存在している。

実際、亮真がこれほど心を配る家臣など、マルフィスト姉妹を筆頭にごく限られた面子だけの筈だ。

(少なくとも、これはそう簡単に臣下へ渡す様な品ではない……これを咲夜へ送られたという事実こそ、御屋形様の咲夜に対しての信頼の証……)

そう考えれば、咲夜に対しての亮真の信頼は極《きわ》めて篤いと言っていいだろう。

しかし、厳翁の言葉に対して、咲夜は嬉《うれ》しさと共に、やるせなさを感じて顔を伏《ふ》せている。

そして厳翁は、たったそれだけの所作から孫娘の複雑な心境を理解したのだろう。

厳翁はゆっくりと問い掛けた。

「それ程、自分が許せないのか？」

その問いに咲夜は無言のまま小さく頷く。

その答えに、厳翁は静かに首を横に振った。

「成程な……御屋形様がお前に療養を命じる筈だ……」

「それは一体……？」

厳翁の言葉に咲夜は伏せていた顔を上げた。

しかし、その目に浮かぶのは疑問と戸惑い。

本当の意味で亮真の目的を理解していない証だ。

それを見て取った厳翁が、再び深いため息を零す。

「あのお方が、単なる見舞いだけの為に、お前の部屋を訪れる訳もあるまいに……」

「それは……」

厳翁の問いに咲夜は言葉を詰《つ》まらせる。

彼女自身、何故《なぜ》亮真が一臣下の部屋を訪れて、見舞などを行ったのか、その理由が分からなかったからだ。

勿論、咲夜を心配していない訳ではないだろう。

しかし、命の危険があるならばともかく、黒エルフ族の秘薬によって傷跡《きずあと》も見えないくらいに回復しているのだ。

ましてや、今は北部征伐軍との戦の最中。

そんな時に、咲夜を療養として自室に待機させている事を考えれば、結論は自《おの》ずと変わって来る。

だが、当事者である咲夜にはそんな明白な事実が分からないのだろう。

いや、恐らく咲夜も本来であれば自ずから察していた筈だ。

(そう……普段の咲夜ならば)

そして、その微妙な心理状態を御子柴亮真は見通した。

それは確かにほんの微《かす》かな違和感《いわかん》。

だが、咲夜の心のバランスが崩《くず》れかけている事は事実だろう。

(勿論、今直《す》ぐに影響《えいきょう》が出る訳ではないだろう……時間を掛ければ落ち着くだろうから、それほど焦《あせ》る必要はないのかもしれない……だが……)

時間が人の心を癒《いや》すという奴《やつ》だ。

だが、それはあくまでも一般論《いっぱんろん》でしかない。

人の心に正解などないのだから。

いや、単に戻《もど》らないだけならばまだマシだ。

北部征伐軍との戦の最中である今の状況《じょうきょう》では、場合によっては命を失いかねないのだから。

影響の出ない範囲《はんい》でバランスを崩しているというのが問題だ。

明白な影響が出ていれば、咲夜自身も異変を感じる事が出来る。

だが、目に見えない範囲の影響は、当事者本人は気が付きにくい。

(だからこそ、御屋形様は療養を命じられたのだ……ローゼリア王国の制圧に向けて次なる一手を進める為に必要な処置として……)

それはまさに、微《び》に入り細を穿《うが》つきめ細やかさと言って良い。

そして、その人心掌握《しょうあく》と、人の心を見通す目こそが、御子柴男爵家という家門を僅《わず》かな期間でここまでの勢力に押《お》し上げた原動力なのだろう。

だから厳翁は正直に咲夜へ、彼女の心の中の乱れを告げた。

「咲夜よ、お前は先の任務を完璧に果たせなかったと思い込み、その失態を取り返そうと焦りすぎている」

「焦り……ですか?」

釈然《しゃくぜん》としないといった表情を浮《う》かべる咲夜に厳翁は深く頷く。

こういう話題は実にセンシティブだ。

亮真から理由を告げれば、咲夜は間違いなく畏縮《いしゅく》してしまうだろう。

同僚《どうりょう》であるリオネやマルフィスト姉妹から告げられれば、逆に強く反発してしまうかもしれない。

(だからこそ、あの方は儂《わし》を呼んだのだ)

今夜、厳翁が咲夜の部屋を訪ねたのは、亮真から急な帰還《きかん》の命令を受けたからだ。

その為に、厳翁はかなりの無理な調整を行った。

何しろ厳翁は今、北部征伐軍に対しての工作活動を指揮している。

それは、来るべき決戦の日に向けた下準備。

恐らくそれは、この戦の勝敗を決定づける重要なものだ。

それほど重要な任務を、補佐役として付き従っていた竜斎《りゅうさい》へ一時的に移管して、このティルト砦へと帰還をしたのだ。

主君からの思いもよらない命令に従って。

しかし、咲夜の様子を自らの目で確かめた厳翁は、亮真が何を懸念《けねん》しているのかを理解していた。

(確かに完璧な戦果を求め悔しさを感じる事は悪い事ではない。だが、その根本にあるのは、咲夜自身の傲慢《ごうまん》さ……まぁ、なまじ今迄《まで》が出来過ぎだったのだろうな……)

伊賀崎咲夜という女は、忍びとしての才に溢れた忍びだ。

その技量は、既に熟練の域に達し、伊賀崎衆の中でも厳翁達《たち》長老衆を除けば、五本の指に数えられる。

実際、今迄《まで》咲夜が与えられた任務を達成出来なかったのはただ一度。先の内乱の際に、当時はまだ貴族派の首魁《しゅかい》として権勢を誇《ほこ》っていたフリオ・ゲルハルトから請《う》け負《お》った、御子柴亮真の暗殺だけだ。

そして、この時の伊賀崎衆には明確な主君という存在が居ない。

また、亮真の器量を知った厳翁の介入《かいにゅう》もあり、それほど大きな問題には発展しなかった。

（しかし、今は違う……我らは一族の全てを託《たく》せる主君を得た）

それは、この大地世界に召喚されて以来、伊賀崎衆の五百年にも及《およ》ぶ長い歴史の中で初めての事であり、何物にも代えられない悲願だった事。

また、今では咲夜自身もそんな主君に対して絶対的な忠誠を捧げている。

（それは喜ばしい事だ……しかし……）

だが、それほどの主君から命じられた任務に失敗したという事実が、咲夜の心に微妙な歪《ゆが》みを生じさせた。

いや、厳翁からすれば咲夜が言う失敗は失敗ではない。

確かに、貴重なハンググライダーを失いはした。

追撃してきたエレナ・シュタイナーによって、咲夜の命が絶体絶命の危機に瀕《ひん》していたのは確かだし、その窮地《きゅうち》を主君によって救われたのも事実だ。

だが、だからと言って城塞都市イピロスを用いた火計によって、北部征伐軍の兵力を削《けず》る事に成功したという事実は変わらない。

完璧な戦果ではないかもしれないだろうが、画竜点睛《がりょうてんせい》を欠いたというほどの失敗でもないのだ。

そしてその事を、御子柴男爵家に仕える誰もが理解している。

それは、主君である亮真も同じだ。

そんな中、当事者である咲夜だけが、その事を理解していない。

そして、その任務に失敗したという思い込みが、一種の強迫観念《きょうはく》となって咲夜の心を縛《しば》り上げている。

その結果、今の咲夜には次の任務に対して二度と失敗しないという慎重《しんちょう》さや、主君の命令を完璧にこなしたいという強い気負いが感じられるのだ。

(勿論、それが全て悪い事だとはいわん……だが、忍びの心得は刃の下に心を置いても動じない心にこそある)

それは、敵に対しても、味方や自分自身に対しても同じだ。

すなわち、冷静にして冷徹なまでの平常心だ。

そうである以上、やはり今の咲夜に忍び働きを任せるのは問題と言えるだろう。

(ましてや、これから数日後には戦況が大きく動く筈だ)

厳翁が集めた情報によれば、北部征伐軍はティルト砦を正面から突破《とっぱ》することを諦《あきら》め、左右にそびえる山脈へと分け入り、砦の後方へと進軍して補給を断《た》つつもりらしい。

確かに、如何に堅牢《けんろう》な砦も補給線を断たれれば、遠からず落城の憂き目《うめ》にあうだろうから、悪くない戦術と言える。

そして、そんな北部征伐軍に対して、亮真はディルフィーナ達黒エルフ族と伊賀崎衆の混成部隊で迎《むか》え撃《う》とうとしている。

何しろ黒エルフ達は皆、手練れの文法術師《ぶんほうじゅつし》であると共に、この魔境《まきょう》と言われるウォルテニア半島に長らく暮らしてきた生粋《きっすい》の狩人《かりゅうど》だ。

不正規戦に熟練している伊賀崎衆と共に、こういった険しい山や深い森の中では絶大な戦果を齎《もたら》す事だろう。

問題は、その混成部隊の指揮を誰に任せるのかという点だ。

(勿論、ディルフィーナ殿《どの》ならば部隊の指揮も取れるだろうが……)

しかし、【狂鬼《きょうき》】と呼ばれ恐れられたネルシオスの血を引くディルフィーナの本質は戦士であり、決して兵を率いる将ではない。

無理に指揮官として用いれば、彼女《かのじょ》の持つ持ち味を殺してしまう事にもなりかねないだろう。

そう考えた時、厳翁を始めとした長老衆の全てが主君の命令に従いティルト砦から出てしまっている今、その混成部隊を率いる事の出来る人間は一人しかいないのだ。

(だが、今の咲夜にそれ程重要な任務を任せるのは危険だ……)

焦りは判断を誤らせ、時に人を狂《くる》わせる。

それこそ、功を焦り無駄《むだ》な犠牲を出しかねないのだ。

勿論、何事にも絶対はない。

そう言う意味からすれば、亮真も咲夜が暴走すると確信している訳ではないだろう。

それでも危険を出来る限り排除《はいじょ》したいというのは当然の判断だ。

だからこその、療養《りょうよう》期間。

咲夜自身の心を落ち着ける為のリフレッシュ期間の様な物だろう。

まさに、覇王《はおう》の優しい配慮だ。

だが、そんな主君の配慮は残念な事に、咲夜にとって逆効果になってしまったのだろう。

「その様子では、何故《なぜ》あの方がお前の部屋を訪《おとず》れたのかも、未だに理解出来ていないようだな」

その言葉には、多分に呆《あき》れと失望が入り混じっている。

そして、咲夜はその言葉を聞き、軽く肩を震《ふる》わせた。

彼女自身、主君の気持ちや考えを理解出来ていない事を分かっており、そんな自分に対してくやしさや、やるせなさを感じている証だろう。

そして、自らの力量に不安を感じているに違いない。

だからこそ、亮真は無理を押して厳翁を呼び戻したのだから。

(ならば儂がするべき事は一つ……)

厳翁は、咲夜に対して徐《おもむろ》に口を開いた。

主君から命じられた自らの役目を果たす為に。

それが、迷いに満ちた孫娘を照らす一筋の光明となる事を信じながら。

第二章　南の戦場

黒煙《こくえん》が立ち上り、無数の赤い火の粉が闇夜《やみよ》を焦《こ》がす。

「水を持って来い！　とにかく火を消せ！」

「駄目《だめ》だ、火の手が早すぎる！」

あちこちから上がる女の悲鳴と、それを必死で宥《なだ》めようとする男達に叫《さけ》びが木霊《こだま》する。

だが、そんな嘆《なげ》きや悲鳴などお構いなしに、馬に乗った一団が馬蹄《ばてい》を響かせながら、建物には次々と花瓶《かびん》の様な形の陶器《とうき》を投《な》げ込んでいく。

陶器の砕ける音が、夜の闇《やみ》に木霊した。

陶器の中身は油なのだろうか。

火の付いた襤褸《ぼろ》切れで栓《せん》をされた陶器が壁《かべ》に叩《たた》きつけられる度に、木で造られた建物の壁が赤く燃え上がるのだ。

そして、その度に火勢は強まっていく。

「燃える！　テルミスの街が燃えちまう！」

それは生まれ育った故郷が灰燼《かいじん》に帰す事に対する嘆き。

そして、そんな思いも寄れない状況に陥《おちい》ってしまった事に対しての驚愕が含《ふく》まれている。

「もう駄目だ、諦めて逃《に》げるんだ！」

怒り、悲しみ、嘆き、諦め。

様々な感情が灼熱《しゃくねつ》の炎《ほのお》に彩《いろど》られながら入り乱れる。

そして、青白い月明かりの下、村人達は必死で活路を探す。

それは、まさに地獄《じごく》のような光景といえた。

勿論、この大地世界《アース》は苛酷《かこく》だ。

現代社会とは比べ物にならない程、人の死が身近に存在している。

野盗《やとう》や怪物達《かいぶつたち》の襲撃《しゅうげき》で、村が全滅《ぜんめつ》すると言った悲劇に見舞われる事もそれほど珍《めずら》しい事ではない。

そう言う意味からすれば、このテルミスの街を襲《おそ》う悲劇も、見慣れた光景ではあるのかもしれない。

少なくとも、この広大な西方大陸全土に目を向ければ、日常茶飯事《にちじょうさはんじ》と言っていいだろう。

だが、付与法術《ふよほうじゅつ》による結界と城壁《じょうへき》に守られた中規模の街が、此処《ここ》まで被害《ひがい》を受ける事態に陥る事は少ないのだ。

実際、如何に怪物達の闊歩《かっぽ》し戦乱の絶えないこの西方大陸であるとはいえ、ロマーヌ子爵《ししゃく》家の初代当主が、三百年前に当時の国王に命じられてこの地にテルミスの街を造って以来、今迄そう言った被害を受けた事はただの一度もなかったのだから。

勿論、それは単に運が良かったというだけではない。

このテルミスの街は、ローゼリア王国南部の要であり王国の食料庫とも呼ばれる城塞都市イラクリオンと、南部諸王国と国境が接するガラチアの街とのちょうど中間地点に位置している。

その結果、このテルミスの街はイラクリオン〜ガラチア間を結ぶ物流の中継《ちゅうけい》ハブとしての役割を担《にな》ってきたのだ。

それだけに、中規模と呼ばれるにもかかわらず、テルミスの街の防衛はかなりしっかりとしている。

堀《ほり》こそ設けられていないが、石材を用いた城壁はかなり高い。

大抵《たいてい》の街や村では木製の壁を作るので精いっぱいな事を考えれば、かなり強固な防衛をしていると言っていいだろう。

また、この地を領有するロマーヌ子爵家はこの街以外にも本拠地《ほんきょち》であるプロレジアを含めた二つの街と十を超《こ》える村々を領有しているが、このテルミスには現地で採用した二百名程の守備隊の他に、子爵家からも騎士《きし》を五十人程《ほど》派遣《はけん》していた。

敵国に近い前線付近の領地であればまた話も変わって来るだろうが、ローゼリア王国内でも比較的《ひかくてき》安全地帯と言える位置に属している割には、かなり異例と言って良い規模の兵数を駐留《ちゅうりゅう》させている。

それは、数百人規模の野盗集団が街を襲撃したとしても十分に撃退《げきたい》出来る戦力。

勿論、如何にロマーヌ子爵家が王国内でかなりの名門であっても、これだけの戦力を常時駐屯《ちゅうとん》させておくのは、財政的に決して容易《たやす》い事ではない。

それだけ、テルミスの街から得られる租税《そぜい》の収入が、ロマーヌ子爵家にとって大きいと言えるし、それに見合うだけの防衛をしてきたという事なのだろう。

だが、だからこそテルミスの街の住民達は、自分達に今夜の様な悲劇が訪れることになるなど、夢にも思わなかったに違いない。

だが、現実は非情だ。

夜半過ぎに、突然《とつぜん》堅《かた》く閉じられていた城門がこじ開けられたのと同時に、テルミスの街の各所から火の手が上がった。

そして、こじ開けられた城門から姿を現した騎兵《きへい》の一団が、街の各所に火を放っていく。

その数はおよそ五百~六百程だろうか。

そして恐るべき事に、その一団の兵士達は誰もが武法術を会得《えとく》している様だった。

風の如き速度で走る馬と、その風を乗りこなす兵士達。

それはまさに、人知を超えた暴虐《ぼうぎゃく》の嵐《あらし》。

そして、そんな天災に人のみで立ち向かえる筈もないのだ。

だから、多くの人間はこの突然の不幸に呆然《ぼうぜん》としていた。

しかし、呆然と立ち尽《つ》くす人間が居る一方で、中にはそんな暴虐に抗《あらが》おうと武器を手にする者も存在しない訳ではなかった。

「ボケっとするな！　剣《けん》でも槍《やり》でもいい。連中に立ち向かうんだ！」

この大地世界の住民は基本的に自助を求められる。

法という力が極めて弱いこの世界では、理不尽《りふじん》や危機に直面した際に自分を守れるのは、自分自身だけなのだから。

当然、その為《ため》に必要な道具は各々《おのおの》の家に転がっている。

彼等《かれら》は確かに弱者だろう。

だが、だからと言って、反撃《はんげき》をしないという訳ではない。

その言葉に勇気づけられたのか、男達は目についた武器を手に、騎馬《きば》の一団の前に立ち塞がる。

テルミスの街を東西に分ける大通りで、二つの集団が対峙《たいじ》する。

睨《にら》み合う両者。

そんな中、騎馬隊《きばたい》の中から一人の男が姿を現す。

金色《きん》の髪《かみ》を持つ大柄《おおがら》の男。

その手には、黒く光る鉄棍が握られている。

そして金髪の男は、自らに対して敵意と憎悪《ぞうお》の目を向ける住民達に向かって言い放った。

「気の毒ではあるが、この街は直ぐに焼け落ちる事になる。だが、我々は別に街の住民であるお前達を殺したい訳ではない。死にたくないならば北門より出てイラクリオンに向かうが良い。我々は手出ししないと約束しよう」

そう言うと、金髪の男は悠然《ゆうぜん》と周囲へ視線を向ける。

それは襲撃者《しゅうげきしゃ》からの傲慢とも言うべき宣言。

そして、冷酷《れいこく》なまでの最後通告だった。

また、それが男の精いっぱいの優しさだとも言えるかもしれない。

主君から命じられたのはあくまでも食料や武具などを焼き払《はら》い、敵軍の補給線を締《し》め上げる事であり、このテルミスの街の住民を必要以上に苦しめる事ではないのだから。

勿論《もちろん》、必要ならば街を焼き払う事も、住民を殺しつくす事も男は躊躇《ちゅうちょ》しない。

だが、男は別に人殺しに飢《う》えた快楽殺人者ではないのだ。

少なくとも男にとって、人殺しをしないで済むなら、その方が良いと思える程度には、良識がある。

そして、そんな男の放つ威圧《いあつ》感が、住民達の体を硬直《こうちょく》させた。

その鋭《するど》い眼光は住民達に異論を挟《はさ》む余地を与えない。

まさに、蛇《へび》に睨まれた蛙《かえる》とでもいうべき状態だろうか。

とは言え、何事にも例外は存在する。

「ふざけるな！　俺の生まれた街を捨てられるか！」

住民の一人が、槍をしごきながら男に向かって突《つ》っ込んでいく。

勿論、彼に勝算があった訳ではないだろう。

自分が生まれ育った街が滅《ほろ》ぼされそうになったという怒りで我を忘れた結果だ。

そして、その怒りが男の放つ威圧感を振り払ったのだ。

だが、その蛮勇《ばんゆう》の代償は自らの命をもって支払《しはら》う事になる。

勢いよく突き出される槍の穂先《ほさき》。

だが次の瞬間《しゅんかん》、金髪の男の手に握《にぎ》られていた鉄棍が唸《うな》りを上げた。

そしてその一撃《いちげき》は、愚かな住民の頭部を簡単に粉砕《ふんさい》する。

頭蓋骨《ずがいこつ》が砕け、脳が吹《ふ》き飛ぶ。

赤い大輪の花弁が宙に飛び散り、その光景を見た周囲は一様に声を失った。

彼等の胸中に浮かぶのは、自分達《たち》も同じような末路を辿《たど》るのだという諦めだろうか。

彼等が武器を握る手が恐怖《きょうふ》で震える。

しかし、金髪の男は周囲を一睨みして、他に歯向かう人間が居ない事を確かめると、鉄棍を一振《ひとふ》りしてこびり付いていた肉片《にくへん》と血を振り落とす。

そして、後ろに続く部下達に手で合図をすると長居は無用とばかりに馬の腹を蹴《け》り上げた。

それはまるで、仕事は終わったと言わんばかりの行動。

だが、そんな一団を制止出来る人間などこの場にはいない。

だから、誰もが走り去る騎馬の後ろ姿を黙《だま》って見送り続ける。

紅《あか》く燃《も》え盛《さか》る火の光に顔を照らされ続けながら。


テルミスの街の北東部に設けられた集積所の一角では、一人の男が大地に両膝《りょうひざ》を突きながら呆然と燃え上がる倉庫を見上げていた。

金属製の甲冑《かっちゅう》に身を纏《まと》ったその装《よそお》いからして、どうやらこの男は街の住人ではないらしい。

彼の周囲には鎧兜《よろいかぶと》が大きくひしゃげた騎士達《きしたち》と、テルミスの街の警備兵達の死体が無残な姿で横たわっている。

その死体が、男を中心にして横たわっているところから見て、彼が指揮官なのだろう。

だが、今のこの状況では彼が仮に将軍であろうと意味はない。

武法術を会得した騎士であっても、たった一人ではこの状況下で未だに黒煙を上げ続ける倉庫の火を消し止めるなど不可能なのだから。

そんな彼の脳裏《のうり》に浮かぶのは、剣に巻き付く金糸と銀糸を使った双頭《そうとう》の蛇の紋章《もんしょう》。

蛇の赤い目が周囲を睨みつけるかのような威圧感を放つそれは、先ほどこの集積所に火を点《つ》けた騎馬隊が掲《かか》げていた旗印だ。

彼等は自分達の所属を隠《かく》すつもりがなかったのだろう。

そして、その紋章を掲げる貴族家は西方大陸広しと云えども、ただ一家しか存在しない。

だがそれは、男の常識からすればあり得ない事なのだ。

「何故だ……何故こんなところに御子柴男爵家《みこしばだんしゃく》の軍が進軍しているのだ！」

その疑問が、男の脳裏にぐるぐると渦巻《うずま》く。

初めその旗を見た時の衝撃《しょうげき》はあまりに強かった。

確かに、初めは自分の見間違《みまちが》えかと思った。

「だが、見間違えではない……騎馬隊を率いていたあの男……あれは間違《まちが》いなくシグニス・ガルベイラだ！」

長柄《ながえ》の戦斧《せんぷ》を使うロベルト・ベルトランと共に【ザルツベルグ伯爵家《はくしゃくけ》の双刃《そうじん》】と謳《うた》われた豪《ごう》傑《けつ》の噂《うわさ》はこの王国南部にまで伝わっている。

容姿も鉄棍を得物《えもの》としているのも伝え聞いた通りだ。

（第一、あれほどの化け物が何人もいてたまるか！）

攻め込んできた敵の騎馬隊は数百人規模。

確かに多数の騎士がロマーヌ子爵家より配属されているし、二百人ほどの警備隊を設立するなど、それなりに備えていた。

とは言え、武法術を会得した兵士のみで構成されているという御子柴男爵家の騎馬隊に敵《かな》うはずもないだろう。

だから、敵の騎馬隊に蹴散《けち》らされたというのであれば、男は悔《くや》しくとも衆寡《しゅうか》敵せずと言い訳が出来るし、武人としても一応の納得《なっとく》が出来た。

しかし、事実は遥《はる》かに残酷《ざんこく》だ。

男の周りに横たわる死体の山を作ったのは、シグニス・ガルベイラただ一人。

彼が無造作に鉄棍を振るう度《たび》に、男の部下達は肉と骨を砕かれていったのだ。

騎馬隊の仕事は、単に集積所に火を点けただけの事に過ぎない。

この惨状《さんじょう》はたった一人の男によって作り出されたのだ。

確かに、テルミスの街を守る騎士や警備隊の全てがこの場に居た訳ではない。

だが、三十人近くの騎士と、百人近い警備隊が居たのだ。

その全てを殺しつくせるほどの強者など、ローゼリア王国でも片手で数えられるほどしかいないだろう。

ましてや、その大半が北部征伐軍に参戦している。

つまり、テルミスの街を攻める理由を持っていて、これほどの惨状を作り出せる強者は、ロベルト・ベルトランとシグニス・ガルベイラの二人しか存在しないことになるのだ。

(だが、そんな事が有り得るのか？　一体どうやって北の果てから、このテルミスの街まで、軍を遠征《えんせい》させたというのだ？)

勿論、男はロマーヌ子爵家に仕える騎士の一人として北部征伐に関して、一定の情報を聞き知っている。

城塞都市イピロスを用いた大規模な火計によって、北部征伐軍に少なくない損害が出た事も、ティルト山脈の山間に建設された砦の攻略《こうりゃく》に手間取り、御子柴男爵家の領地であるウォルテニア半島内に侵攻《しんこう》出来ていない事も含めてだ。

ロマーヌ子爵家の当主も徴兵《ちょうへい》した領民達と共に参陣《さんじん》しているおり、彼等から時折齎される手紙に書かれているのだからそれも当然だろう。

とは言え、男が命じられたのは戦場から遥かに離《はな》れたテルミスの街の守護。

ローゼリア王国の南部にあるテルミスの街に御子柴男爵家の軍勢などやって来る筈《はず》がない。

仮に、やって来た場合は、北部征伐軍が惨敗《ざんぱい》し、御子柴男爵家がローゼリア王国全土を制圧した場合くらいだろうが、もしそんな事態に陥れば、何らかの使者が王都より送られてくるはずだ。

もし仮に王都から使者を送れない事態に陥ったとしても、王都とテルミスの街の間には、数十では利《き》かない貴族家の領地がひしめき合っている。

その全ての警戒網《けいかいもう》を潜《くぐ》り抜《ぬ》けて軍勢を移動させるのは不可能な筈なのだ。

（第一、北部征伐軍はこれから攻勢《こうせい》に転じるという話だった筈！）

この集積所に収められているのは、これから始まる大規模な攻勢に向けて送る様にと命じられて集めた物資の山だ。

テルミスを拠点《きょてん》にする商会や周辺の農村からかき集めた品なのだ。

その命令書に記載《きさい》された量を集めるのは相当難しかった為、かなり強引《ごういん》な手段に出るしかなかったし、相当に恨《うら》まれたのは確かだろうが、それでも北部征伐の成功を願えばこそ、心を鬼にして命令に従ったのだから。

確かに、その命令を出したのが、国王代理として全権委任されたミハイル・バナーシュというのが少しばかり引っかかりを覚えた。

だが、男の下に届いた命令書が形式に則《のっと》った正式な物であったのは間違いない。

そして、直接の主君であるロマーヌ子爵からの手紙にも、これから反撃に出ると書かれていれば、嫌《いや》も応もないだろう。

しかし、そんな男の献身的《けんしんてき》とも言える忠義と努力は、水泡《すいほう》に帰してしまった。

その時、建物の一部が崩落《ほうらく》し、男の頭上から燃え盛る木材が降り注いできた。

しかし、男は微動《びどう》だにしない。

既《すで》に、彼の魂《たましい》はシグニス・ガルベイラという男によって生み出された惨劇《さんげき》によって、無残にも打ち砕かれてしまっていたのだから。

やがて、頭部に衝撃が走り、男の意識はそこで途絶《とだ》える。

やがて、男の体は落下してきた木材に埋《う》もれ紅蓮《ぐれん》の炎の中に消えた。


そんなテルミスの街から東に二キロほど離れた小高い丘《おか》の上で、二人の男が話をしていた。

彼等が手にしているのは、暗視装置の付いた軍用の双眼鏡《そうがんきょう》。

勿論、それは本来、この大地世界には存在しない筈の物だ。

だが、二人にしてみれば、それほど珍しい物ではない。

実際には使った経験がなくとも、映画やテレビドラマの世界では、幾《いく》らでも見る事が出来るのだから。

そんな彼等の視線は、テルミスの街の方角と、そこから南西に向かって突き進《すす》む騎馬の一団に向けられている。

「成程《なるほど》、あれがシグニス・ガルベイラか……確かに驚異的《きょういてき》な化け物だ……」

「あれとまともにやり合えるのは、組織の中でも限られた連中だけだろう」

「【猟犬《りょうけん》】の部隊長クラスとかか？」

「あぁ、最低でも……な。少なくとも俺達《おれたち》じゃ相手にならないだろうぜ……」

確かに地球から召喚《しょうかん》された人間が、生命体を殺した際に吸収出来る生気《プラーナ》の吸収率において、大地世界に暮らす人間と比べて大きなアドバンテージを持っているのは確かだ。

だが、それは言うなれば、大地世界の人間だと十人殺して得られる生気の吸収量が、一人で済むというだけの事に過ぎない。

逆に言えば、一人分しか吸収していない地球人より、一万人を殺した大地世界の人間の方が強いという考え方なのだ。

また、大地世界の人間の生気の吸収量には多少の個人差がある。

更《さら》に、強さとは何も生気の吸収とチャクラだけでは決定されない。

それらは強さにおいて重要な要素の一つではあるが、あくまでも強さを構成する一要素でしかないのだから。

そして、この二人は自分達ではシグニスの相手にはならないと悟《さと》っている。

ただし、シグニス・ガルベイラという男の力量を見極める事が出来た訳ではない。

先ほど見せたシグニスの力量は確かに桁外《けたはず》れだったが、守備側であるテルミスの警備兵達の質があまりに低すぎたからだ。

勿論、前線から離れた比較的平穏《ひかくてきへいおん》な中規模の街の警備隊としてはそれほど悪くはないだろうが、シグニスはこのローゼリア王国の中でも指折りの豪傑。

そんなシグニスが愛用の得物を振《ふ》るえば、人間など簡単に吹き飛ばされてしまう。

先ほどの戦いも、まさに鎧袖一触《がいしゅういっしょく》で終わってしまって、シグニスが強い事は理解出来ても、どれ程《ほど》の強さなのかを測る事は出来なかったのだ。

そんな相方の言葉を聞き、男はため息混じりに首を横に振った。

「まぁ、仕方がない……正直に見た儘《まま》を報告するしかないか……」

「そうだな……俺達は上からの命令をキチンとやるだけだ」

男達は二人共組織の構成員。

そして、今回彼等に下された任務は二つ。

一つ目は、テーベ河を遡《さかのぼ》ってきた御子柴男爵家の軍勢に、軍馬を供給する事。

二つ目は、軍馬を受け渡した後、その軍勢の動向を監視《かんし》し、兵士の質とそれを率いる将軍の力量を報告する事だ。

一つ目の仕事は、納期を一方的に変更《へんこう》したことでイラクリオンの代官を怒《おこ》らせたという以外は大した問題ではなかったが、二つ目の方はかなり間抜《まぬ》けな報告になりそうな雲行きだった。

シグニスが手練《てだ》れの武人である事は、このローゼリア王国に住む誰《だれ》もが聞き知っている事実でしかないのだから。

とは言え、シグニスの力量を測る為に、態々《わざわざ》組織の切り札的存在である【猟犬】を動かすのも馬鹿げている。

「しかし、イラクリオンの代官が発注した軍馬を回せと言われた時には、何だってそこ迄肩入《までかたい》れするのか不思議だったが……確かに、あの化け物を従えた御子柴ってガキを敵にするのは得策じゃぁなさそうだぜ」

「何でも、劉大人《りゅうたいじん》のところの鄭《てい》が圧力を掛けたらしい。まぁ、あの噂が本当なら、それも不思議じゃないだろうけれどもな」

相方の言葉に、男は思わず顔を顰《しか》める。

「あぁ、随分昔姿を消した幹部が戻ってきたって奴だろ……俺《おれ》も耳にはしたが、正直な話、あんなホラ話を信じているのか？」

それは、組織の人間にとって秘《ひそ》かに噂されている話だ。

ただし、その噂を耳にした組織の人間は、そのほとんどがこの噂の信ぴょう性を疑っている。

何しろ、内容があまりに突飛《とっぴ》なのだから。

だが、相方はそんな男の問いに対して、思いもよらない答えを変える。

「俺個人としては、ある程度は事実だろうとは思っているけれどもな……」

その言葉に、男は双眼鏡を目から離すと、驚《おどろ》いたような表情を浮かべながら、相方を凝視《ぎょうし》する。

「おいおい、本気かよ？　俺が聞いた話じゃ、返ってきた幹部ってのは、五十年近くも前に帰還の術式を発動させた際に、次元の狭間《はざま》に消えたって話だったぞ？　もし仮に、この話が本当なら、上の連中が俺達に対して何か通達を出すだろう？」

それは組織の人間にとって絶対にあり得ない話。

例えるなら、素潜《すもぐ》りでマリアナ海溝《かいこう》の底を探検したというくらいにナンセンスな話だ。

或《あ》いは、裸《はだか》で火山の火口から飛び込《こ》んで、溶岩《ようがん》の海を無傷で泳いだという話でも良いだろう。

次元の狭間に落ちた人間が帰還するというのは、そんなレベルの話。

それはもはや、可能か不可能かを問う話ではない。

子供向けのアニメや漫画《まんが》の設定でも出てこない様な荒唐無稽《こうとうむけい》なホラ話。

簡単に言えば、リアリティ性がないという奴だ。

男にしてみれば、所詮《しょせん》は噂話《うわさばなし》だと言っても、もう少し設定に気を遣《つか》ってほしいと文句の一つも言いたくなるレベルだろう。

それに、組織の人間にとって、次元の狭間は故郷である地球に帰還する為の最大の障害であり、この次元の狭間を超える手段を確立する事は悲願なのだ。

この壁を越《こ》えられないからこそ、組織の人間達はこの地獄の様な大地世界で生きる事を余儀《よぎ》なくされているのだから。

だから男の言う様に、もしこの噂が本当ならば、組織の上層部が何らかの通達を出しても不思議はない。

だが、そんな男の問いを相方は否定する。

「帰還した事が本当だとしても、それを再現出来なければ意味がない。だから、秘密にしている可能性はあるだろう？　それに、噂の真偽《しんぎ》はさておき、御子柴亮真《りょうま》ってガキに対して上層部の人間が急に肩入《かたい》れしているのは確かだ。その理由が帰還した組織の幹部の身内って話なら分からなくもない」

それは限りなく真実に近い予想。

もし、鄭やヴェロニカ辺りが二人の会話を聞いたら、血相を変えたに違《ちが》いない。

そして、念入りに口止めをするか、場合によっては口を封《ふう》じただろう。

だが幸いな事に、この場に鄭達《ていたち》は存在していない。

そして、この話を聞いた男は、そんな相方の言葉に呆れたと言わんばかりに笑い声を上げた。

「おいおい、そいつは随分《ずいぶん》と話が飛躍《ひやく》し過ぎじゃねぇか？　ご都合主義って奴にもほどがあぁ……上の連中があの若造に便宜《べんぎ》を図《はか》っているのは確かみたいだが、それも組織の利益を考えた結果って奴だろぅ？」

「まぁ、そうかもな……」

そしてその言葉に、相方も小さく頷《うなず》く。

彼自身、自分の言葉に何か確証がある訳ではないのだ。

そして彼等は会話を止め双眼鏡をしまうと、背後に聳《そび》える木の枝に繋《つな》いでいた馬に跨《また》がった。

「さて、それじゃぁそろそろ戻って報告するとしよう！」

「あぁ、ロベルトって奴の方を偵察《ていさつ》している連中も帰ってくる事だろうしな！」

「それに、もう一人の女に関しての情報も、集まった頃《ころ》だろう……そいつに関してもある程度調べたら、上に報告……だな」

今回の任務で、力量を調べる様にと命令されたのは、ロベルト・ベルトランと、シグニス・ガルベイラの二人だ。

だから、軍馬を引き渡《わた》した際に見かけた謎《なぞ》の女に関して調べろと言う命令は受けていなかった。

そう言う意味からすれば、女に関しては調べる必要はないのかもしれない。

(だが、何か引っかかる……)

それは第六感とでも言うべき何か。

だからこそ、男は仲間に頼《たの》んで、謎の女に関しての情報を集めて貰《もら》う事にしたのだから。

「行くぞ!」

そう言うと二人は、馬の腹を蹴り上げ、仲間の待つ野営地へ向かって走らせる。

組織から命じられた任務を果たし、その結果を報告する為に。

だが、彼等は知らなかった。

真実とは、彼等の直ぐそばに存在しているという事を。

そして、仲間の報告を受けた彼等は謎の女の正体を知り驚愕《きょうがく》する事になるのだった。


テルミスの街がシグニスの手で灰燼に帰してから、数日が経《た》った。

ここは、王国南部の穀倉地帯の要である城塞《じょうさい》都市イラクリオンから少し離れた小高い山の上。

その下にはイラクリオンから王都イピロスへと続く街道《かいどう》が続いている。

そして、その街道は無数の人馬によって占領《せんりょう》されていた。

無数の荷馬車が北を目指して突き進む。

その荷台に積まれているのは、イラクリオン周辺から集められた食料物資の山だ。

そして輸送部隊の周辺を警備するのは、近隣《きんりん》の貴族領から無理やりかき集めた兵士とイラクリオンに駐留していた騎士達の混成部隊。

数はおよそ五千程だろうか。

そんな、彼等の顔は緊張《きんちょう》で強張《こわば》っていた。

それは、輸送部隊を指揮する隊長も同じだ。

彼等は知っているのだ。自分達が運ぶ物資が、北で繰《く》り広《ひろ》げられている激戦の勝敗を分ける決め手になると。

そして、御子柴男爵家の兵がこの南部にまで進出し、北部征伐《せいばつ》軍の補給線を切断しようと、自分達を虎視《こし》眈々《たんたん》と狙《ねら》っている事を。

テルミスの街を始めとした、灰燼に帰した幾多《いくた》の街の様に。

もっとも、彼等も万全《ばんぜん》は尽くしている。

四方八方に物見の部隊を先行させ、安全を確認《かくにん》するなどの対策はしているのだから。

だが、丘の上ではそんな輸送部隊を三人の男女が轡《くつわ》を並べて見下ろしていた。

「アンタの言う通りの展開になったな。流石《さすが》は旦那《だんな》が見込《みこ》んだだけの事はある。大した女狐《めぎつね》だよ」

そう言うとロベルトは、傍《かたわ》らの女に話しかける。

それはかなりぞんざいな言葉遣《ことばづか》いだ。

大抵の女性は間違いなく眉《まゆ》を顰める。

もっとも、その言葉には相手を侮辱《ぶじょく》しようという意思はないらしい。

それは、言われた当人にも伝わっているのだろう。

女狐呼ばわりされた女は楽しそうに口元に手を当てて笑う。

女はエクレシア・マリネール。

ミスト王国の将軍であり、御子柴亮真からの要請《ようせい》を受けて今回の作戦の指揮をとる事になった女の名だ。

「あら、過分な評価ですね。でも、【女狐】の方が【暴風】と呼ばれるよりは可愛《かわい》らしいと思いますわ」

余程《よほど》、余裕《よゆう》があるのだろう。

だが、もう一人の男はそんなロベルトに対して苦言を呈《てい》する。

「おいロベルト、もう少し礼儀《れいぎ》を弁《わきま》えろ。エクレシア殿はミスト王国から派遣《はけん》された大切なお方なんだぞ?」

それは極《きわ》めて当然の指摘《してき》。

何しろ、エクレシアはミスト王国の国王の姪《めい》。

低いが王位継承権《けいしょうけん》を持つ高貴な身の上なのだ。

しかし、そんな真っ当な指摘に対して、ロベルトはさも呆れたとばかりに笑い声を上げた。

「分かってないな、ロベルト」

「何をだ?」

「此処に、ミスト王国の将軍であるエクレシア・マリネールがいらっしゃる訳がないだろう？　ミスト王国はルピス女王との間で密約を交《か》わしているのだから……な」

意味深な視線と共に放たれた言葉に、シグニスは顔を顰める。

確かにロベルトの指摘は間違いではないのだ。

もし仮にエクレシアがミスト王国の将軍としてこの戦に御子柴男爵家への援軍《えんぐん》として参戦していたとしたら、国際的な大問題になるのが目に見えているのだから。

そして、当のエクレシア本人がロベルトの言葉を肯定《こうてい》する。

「その通りです。此処にいるのはあくまでもミスト王国出身の傭兵《ようへい》であるエクレシア。偶々《たまたま》ミストの将軍に同じ名前を持つ女性がいるようですが、あくまでも偶然《ぐうぜん》ですから、シグニス様もロベルト様の様に肩《かた》ひじを張らずに接していただけた方が嬉《うれ》しいですわ」

そう言ってエクレシアは片目を瞑《つぶ》って見せた。

それはまるで、悪戯《いたずら》っ子の様な笑《え》み。

どうやら、この場にはシグニスの味方は居ないらしい。

シグニスは嘆息《たんそく》しながら小さく肩を竦《すく》めた。

「成程……では、傭兵のエクレシア殿。それではこのまま貴方《あなた》の計画通りに進めるという事でよろしいかな？」

傭兵に対してかなり丁重《ていちょう》とも言える態度だが、それを突っ込む人間は居ない。

エクレシアもそんなシグニスの態度にこれ以上、何かを言うつもりはない様だ。

「ええ、既に仕込《しこ》みは終わっていますから。お二人にも期待していますわ……何しろ敵は三倍近い数ですからね」

シグニスの問いにエクレシアは深く頷いて見せる。

そしてその美しい顔に笑みを浮《う》かべる。

「獲物が巣穴から出てきました。さぁ、狩《か》りの時間ですわ。お二人ともしっかりと働いてくださいな」

エクレシアの言葉に、ロベルトとシグニスが頷く。

「あぁ、腕《うで》がなるぜ！」

「ご期待に沿うべく、全力を尽くしましょう」

対照的とも言える態度。

だが、その顔に浮かぶ笑みは共通している。

それは獲物《えもの》を目にした猛獣《もうじゅう》の様な獰猛《どうもう》な笑み。

美しき獣《けもの》に率いられ、二匹《ひき》の猛獣は舌なめずりをする。

彼等の手に握られた得物が、敵の赤い血潮をその身に浴びる瞬間を今か今かと欲《ほっ》していたから。

数時間後、輸送部隊の先頭はテーベ河の畔《ほとり》へと到着《とうちゃく》していた。

「此処までは何事もなかったか……」

その顔に浮かぶのは深い安堵《あんど》の色。

本来であれば、御子柴男爵家の部隊を殲滅《せんめつ》してから輸送部隊を出すのが常道なのは明らかだ。

しかし、王都からは早急《さっきゅう》に物資を送る様にとの厳命が来ている。

それに、友軍である北部征伐軍はかなり食料に困窮《こんきゅう》しているという話も戦地に出た家族から齎される手紙などから伝え聞いているのだ。

そう言った事情を考えれば、イラクリオンを治める代官が輸送部隊を早急に派遣することを決定したのも致《いた》し方《かた》ないと言える。

（幸いな事に、御子柴男爵軍の目は、イラクリオンの南に向けられているようだしな……）

先日からイラクリオン周辺の街や村が御子柴男爵家の部隊に襲撃を受け、貯蔵していた食料物資が焼き払われたのは痛恨《つうこん》の極みだが、被害に遭《あ》った街は全てイラクリオンから南に位置している。

つまり、端《はし》から虱潰《しらみつぶ》しに各拠点を潰《つぶ》しつつ北上してくるつもりと見るべきだろう。

確かに、各村々から徴収《ちょうしゅう》した食料などは一旦《いったん》、各地の街に保管され、一定量が貯《た》まってからイラクリオンへと運《はこ》び込まれる手はずになっている。

如何《いか》に大都市であるイラクリオンであっても、二十万とも言われた北部征伐軍の腹を満たす食料を一ヶ所で保管するのは場所的にかなり難しいし、危機管理的な側面もあったからだ。

（それに、敵もイラクリオンを攻《せ》めると言った無謀《むぼう》な戦術を取るとは考えられんからな……）

そう考えれば、防衛力の低い近郊《きんこう》の街を襲うのは理に適《かな》った戦略と言えるだろう。

テルミスの街などはかなり防衛に力を入れた拠点ではあるが、城塞都市と謳われるイラクリオンを攻める事に比べれば容易い標的と言えるのだから。

そして、イラクリオンの代官はそんな御子柴男爵軍の思惑《おもわく》を逆手に取った。

つまり、南に位置している街を御子柴男爵軍の前に餌《えさ》として投げ出したのだ。

喰《く》いついてくれれば、その間にイラクリオンから輸送部隊を王都に向けて派遣する時間稼《かせ》ぎとなると判断したのだろう。

だからこそ、近隣からかき集めた兵士達を御子柴男爵軍の探索《たんさく》に使うのではなく、輸送部隊の警護に回したのだ。

勿論、時間さえあれば他に手立ては幾らでも考える事が出来た。

しかし、早急に輸送部隊を送る様にという使者がひっきりなしに訪れれば、他に選択《せんたく》の余地はない。

また、大半の兵が北部征伐軍に参戦している今、動かせる兵士の数が極めて限られているという点から考慮《こうりよ》すると、代官の策は最良ではなくとも最善と言える。

少なくとも、飢えた猛獣が腹を満たす間は、襲われる心配がないのだから。

だからこそ、輸送部隊の隊長も黙って命令に従ったのだ。

そして、その賭《か》けは今のところ順調に進んでいる。

「とりあえず、早くテーベ河を渡ってしまおう……この河さえ超えれば一息付ける筈だ」

テーベ河。

この河こそ、ローゼリア王国を二分する大河であり、イラクリオンから王都ピレウスへと向かう街道における最大の難所だろう。

その為、隊長は先遣《せんけん》部隊に命じて渡河拠点《とかきょてん》を事前に設営し、近隣の村や街から船を調達した。

テーベ河の流れに沿う形で、船着き場を複数設けたのも、なるべく短時間で渡河を終わらせる為だ。

それもこれも、この難所を何とか無事に切り抜けたいと考えたからこそだろう。

だが、そんな隊長の願いは文字通り無残な形で裏切られる事になる。

それは、第一陣《じん》の船が出港準備を終えてテーベ河へ船を出そうとしたその時だ。

突然、鬨《とき》の声《こえ》が沸《わ》きあがった。

そして次の瞬間、渡河拠点の後方に生い茂《しげ》った森の中から、船に目掛《めが》けて無数の矢が放たれる。

「火矢だ！」

帆《ほ》や船体に突き刺《さ》さる無数の矢。

その矢が船体に突き刺さった後、黒煙を上げて燃え始めた事だ。

多少水を掛《か》けた程度では鎮火《ちんか》出来ないそれは、数の暴力と相まって、次々と船を焼き尽くしていく。

恐《おそ》らく、単なる火矢ではないのだろう。

黒煙を上げて燃える船。

船に乗り込んでいる兵士達も、必死になって消火に尽力《じんりょく》しているが、如何《いかん》せん、降り注ぐ火矢の数が膨大《ぼうだい》だった。

その為、次々と船の帆が焼け落ちていく様を防ぐ事は出来ない。

「馬鹿な！　敵だと⁉」

あまりに想定外の光景に隊長は思わず言葉を失った。

大地世界では殺した生命体の生気を吸収する事で自分の力を強化する事が出来る武法術の存在によって、弓矢をあまり重視してこなかった。

生気の吸収には距離《きょり》が大きく影響《えいきょう》するからだ。

剣や槍を用いての近距離《きんきょり》戦で吸収出来る生気が百と仮定したら、弓などの遠距離《えんきょり》から射殺した際に得られる生気の量は十以下。

場合によっては一くらいまで低下してしまう。

これが、この大地世界で弓矢や文法術があまり主要な戦闘《せんとう》手段として用いられてこなかった理由だ。

とは言え、それはあくまでも法術を会得した騎士階級の話。

それに、戦争という観点において言えば、遠距離からの攻撃《こうげき》は敵の反撃を受けずに一方的に敵を攻撃出来るという利点がある。

だから、大抵の王国には宮廷法術師《きゅうていほうじゅつし》と呼ばれる文法術師の集団が存在しているし、弓矢も攻《こう》城《じょう》戦などでは使われてきたのだ。

だから、隊長も弓矢に関しては、それなりに知識を持っている。

だが、目の前の光景は、彼の常識を粉々に打ち砕《くだ》いた。

「一体どれだけ離れていると思っているんだ！　この距離で矢を届かせるなど不可能だ……」

射手と船とは最低でも七〜八百メートルは離れているだろう。

未《いま》だに射手の姿が視認《しにん》出来ないのは、距離が相当に離れている証だ。

しかしそれは、本来有り得ない事なのだ。

隊長の常識では、弓の射程距離《きょり》と言えば二〜三百メートルだったが、それの三倍近い飛距離《ひきょり》を飛んでいる事になるのだから。

勿論、届かせるだけならば不可能ではないかもしれない。

武法術による身体強化と、並みの人間では引き分ける事の出来ない様な強弓《ごうきゅう》を用いれば可能だろう。

とは言え、それはあくまで手練れの戦士と類《たぐい》まれな名品が組み合わされた際に起きる奇跡《きせき》だ。

少なくとも、天を覆《おお》わんばかりの矢の雨が降り注ぐ事など考えられない。

だが、悪夢はそこで終わらなかった。

後方から突進《とっしん》してきた騎馬隊が渡河拠点に設けられた柵《さく》を破り陣の中に乱入してきたからだ。

彼等が手にしている松明《たいまつ》を目にし、隊長は血相を変えて叫《さけ》ぶ。

「しまった！　騎馬だ！　騎馬を防げ！　連中の狙いは食料だ！　なんとか防ぎきるんだ！」

だが、火矢の衝撃が兵士達の体を縛《しば》り正常な判断を妨《さまた》げた。

消火を続けるか、敵を防ぐ為に戦うか迷ったのだ。

そしてそんな状態で普段《ふだん》と同じ実力など出せる筈もない。

いや、仮に出せたとしても結果は変わらなかっただろう。

何故《なぜ》なら、突入《とつにゅう》してきた騎馬隊を率いるのは、【双刃《そうじん》】と呼ばれる人の形をした二匹の獣なのだから。

「「うおおおお!」」

先頭を駆《か》ける男達から咆哮《ほうこう》が放たれる。

それはまさに獣の叫び。

そして、咆哮と共に繰り出された長柄の戦斧が兵士達を薙《な》ぎ払う。

続いて鋼《はがね》で出来た鉄棍が兵士達の頭部を微塵《みじん》に砕いた。

それはまさに、無人の野を行くが如しだ。

そんな彼等が率いるのは一千の騎馬の群れ。

その突撃《とつげき》はまさに破城槌《はじょうづち》にも似た破壊力《はかいりょく》を持っている。

彼等の前に立ちふさがろうという勇者は居ない。

仮に居たとしても、等しく同じ結末へと辿るだけだ。

「燃やせ! 燃やし尽くせ!」

戦斧を振り回しながら叫ぶロベルトの顔は、敵兵の返り血で真っ赤に染まっていた。

だが、それを気にするそぶりはない。

そしてそれは、普段はロベルトの抑《おさ》え役であるシグニスも同じだった。

いや、普段抑《ふだんおさ》え役として冷静な分だけ、一度歯止めが外れるとロベルト以上の激昂《げきこう》に支配されるのだろう。

その姿は地獄《じごく》の鬼《おに》もかくやと言った有様だ。

彼の鎧《よろい》には血の跡《あと》と共に、不運な敵兵の肉片がべっとりとこびりついているのだから。

鈍器《どんき》による殴打《おうだ》。

それも、体の原形が定まらない程の衝撃を受けて死んだ証だろう。

まさに死因としては最悪の部類だと言える。

だが、輸送部隊の悲劇はそれで終わりではなかった。

ロベルト達が切り込んで得た空白地に、後方からの増援《ぞうえん》の騎馬隊が再び馬蹄《ばてい》を響《ひび》かせながら突撃してくる。

その数は一千五百程だろうか。

彼等《かれら》の腰《こし》に下げた短弓《たんきゅう》から見て本来は弓騎兵《きゅうきへい》なのだろう。

恐らくは、先ほどの火矢を放った射手達だ。

だが、そんな彼等も今は手に槍《やり》を持ち、当たるを幸いに突き捲《ま》くっている。

そして、そんな彼等を率いるエクレシアは、後方で指揮を執《と》る。

「捕虜《ほりょ》など要《い》りません。鏖殺《おうさつ》しなさい！」

それは冷酷で冷徹《れいてつ》な命令。

だが、その命令に異を唱えようという人間は誰も居ない。

彼等はただ命令に従い敵を排除《はいじょ》していくだけだ。

それが、自分と仲間の命を守る最良の手段だと認識《にんしき》しているからだろう。

何しろここは本拠地《ほんきょち》であるセイリオスの街から遠く離れた敵地の真っただ中。

こんな場所で捕虜を取ったところで、管理など出来る筈もない。

そもそもとして、エクレシア達の方が兵数的には少数なのだ。

今は、弓による遠距離《えんきょり》攻撃《こうげき》と、シグニスとロベルトという二人の怪物達《かいぶつたち》のおかげで、敵軍は混乱しているが、一度統制を取り戻《もど》せば厄介《やっかい》なことになるのは目に見えているだろう。

それは、前線で戦う兵士達が最も強く理解している事だ。

そして、少しでも自軍の被害《ひがい》を減らしたいというのがエクレシアの正直な気持ちだった。

何しろエクレシアが率いている兵士達は全て、御子柴男爵家からの借りものなのだから。

(まぁ、たとえ敵が統制を取り戻したところで、彼等が負ける事はないでしょうけど……ね)

エクレシアは御子柴男爵軍の兵士達の技量を十分に把握《はあく》している。

そして、目の前の敵兵と比較《ひかく》した際の結論は既に出ていた。

(まさに大人と子供だわ)

それこそ、エクレシアが下した率直《そっちょく》な評価。

勿論、大人は御子柴男爵軍で、子供がローゼリア王国の兵士だ。

(しかし、どうやってこれほどの兵士を育てたのかしら……)

エクレシアはミスト王国の将軍として、数多《あまた》の兵士を率いてきた。

その経験から見ても、御子柴男爵家の兵の質は異常と言える水準だ。

それは単純に全ての兵士が武法術を会得《えとく》しているからではない。

勿論《もちろん》、それはそれで恐ろしい事だが、それ以上に恐ろしいのは、兵士一人一人が持つ思考力の高さと知識の豊富さだ。

識字率は百パーセント。

自分の名前が書けるだけではなく、本を読む事も出来る。

これは、貴族階級や平民でも相当裕福《ゆうふく》な人間に限られる能力だが、これが全ての兵士に備わっているというのは驚異的と言えるだろう。

また、そう言ったことの積み重ねによって培《つちか》われた思考力は戦場において大きな武器になっている。

(だから、作戦の目的を理解するのが驚くほど早い)

極端《きょくたん》な話、彼等は一介《いっかい》の兵士一人一人に至るまで、中級の騎士《きし》階級に匹敵《ひってき》する軍事的な素養を身に付けているのだ。

それは、ミスト王国に置いてきたエクレシアの直属軍であっても未だに実現出来ていない偉業《いぎょう》だった。

そして、そんな兵士達をあの怪物《かいぶつ》二人が率いるのだから、勝利は目前と言っていいだろう。

(まぁ、これで目的は果たしたから、後はあの男のお手並み拝見といったところね)

怒号《どごう》と悲鳴が黒煙《こくえん》の中に響き渡る中、エクレシアは一人悠然《ゆうぜん》と笑みを浮かべた。

数時間後、世界は闇《やみ》の帳《とばり》に覆われていた。

そこかしこから、肉の焼ける臭《にお》いが漂《ただよ》ってくる。

もっともそれは、食欲が湧《わ》くような物ではない。

何しろ、兵士達《たち》の死体が焼ける臭いなのだから。

だがそれは、この惨状を作り出した三匹の獣にとっては、嗅《か》ぎ慣れた香りでもある。

「これで終わりね……」

「あぁ、全ては予定通りさ」

エクレシアの言葉に頷くとロベルトは周囲を見回す。

その目に映るのは、焼け焦《こ》げた天幕や荷車の残骸《ざんがい》と兵士の死体だ。

既に勝敗は決している。

他に目を引く物があるとすれば、未だに火の粉を飛ばして燃えている桟橋《さんばし》の船くらいのものだろう。

「まぁ、此処《ここ》に駆り出されたのは、留守居役を命じられた二線級の連中ばかりですからね。それほど手間取る事もありませんでしたよ」

そう言うとシグニスは何時《いつ》もと変わらぬ穏《おだ》やかな笑みを浮かべる。

「ええ、これで補給物資は届かない。北部征伐軍はあの男の狙い通り、地獄を見る事になるでしょうね。だから私達も早いところ移動しないと……」

その言葉に、シグニスとロベルトは小さく頷く。

そして、彼等は軍勢を纏《まと》めると北に向けて行軍を始める。

新たな戦場に向かう為《ため》に。

やがて、全ての船が焼け落ち河底へと姿を消した頃、テーベ河の畔はようやくその静けさを取り戻した。

そしてそれは、北部征伐軍に更なる苦境が訪《おとず》れる前触《まえぶ》れでもあった。

第三章　罠《わな》と罠

その日、ローゼリア王国の首都である王都ピレウスの王城の一角に設けられたミハイル・バナーシュの執務室《しつむしつ》は、南の要所である城塞都市イラクリオンから馬を駆ってきた伝令の齎《もたら》した報告によって激震《げきしん》に見舞《みま》われた。

伝令が息せき切って執務室の扉《とびら》を叩《たた》き、ミハイルは不機嫌《ふきげん》そうに顔を上げた。

何しろ今のミハイルはこの王城の全てを取り仕切る責任者の様な立場だ。

北部征伐軍関係の書類以外にも様々な書類が回ってくるため、夜も昼もないような生活を強《し》いられている。

そこにきてイラクリオンからの火急の報《しら》せとなれば、碌《ろく》な報告ではない事が目に見えているのだから。

(恐らく、命じた物資の調達に手間取っているという話だろう……)

実際、ミハイル自身もかなり無茶《むちゃ》な要求をしていることは理解していた。

何しろ、二十万人とも言われる北部征伐軍の腹を満たすだけの食料とその他の物資一式の調達なのだ。

如何にイラクリオン近郊がローゼリア王国の食料庫として名高い土地だとしても限度がある。

ましてや、時間を掛けて集めるというのであればともかく、緊急《きんきゅう》でとなれば、強引な手を使うしかないのは当然なのだ。

だが、だからと言って北部征伐軍の陥《おちい》った苦境を脱《だつ》するには、何処《どこ》かで無理をするしかない。

(もし必要ならば、王都から部隊を派遣する必要が出て来るかもな……)

そんな事を考えながらもミハイルはある意味、何処か楽観視していた。

主戦場である王国北部から遠く離《はな》れた南部地方で、起きる問題などたかが知れていると思っていたからだ。

しかし、渡された報告書の内容を見た瞬間《しゅんかん》、ミハイルは自分の顔から血の気が引いていくのを感じた。

「馬鹿な……この報告は本当なのか?」

再び書類に目を走らせるミハイルの手は、小刻みに震《ふる》えている。

それは、まさに驚愕の内容。

そして、二度三度と報告書を確かめ、自分の目がおかしくなった訳ではないと悟り、ミハイルは思わず黒ぶちの眼鏡《めがね》を机の上に放り出した。

それは、先の内乱時が終わり謹慎《きんしん》を命じられたミハイルが、剣術《けんじゅつ》以外の事に視野を広げようと心に決めた時に購入《こうにゅう》した品だ。

購入したのはミハイルの謹慎が解かれた時期だから、丁度オルトメア帝国《ていこく》がザルーダ王国に攻め込んだあたりだろうか。

買った理由は色々ある。

何しろ、ミハイルは自他ともに認める脳みそまで筋肉で出来ている様な直情的な男。

部下を指揮するよりも、自らが先頭を切って敵軍に切り込むような人間だ。

確かに剣術の腕は、このローゼリア王国でも指折りの強者ではあるし、王家に対しての忠誠も篤《あつ》い忠臣ではあるが、逆に言えば戦場でしか能のない男だった。

そして、その数少ない活躍《かつやく》の場である戦場で、ミハイルは致命的《ちめいてき》とも言える失態を犯《おか》してしまったのだ。

そう、ルピス王女を裏切り、ゲルハルト公爵《こうしゃく》の下へと走った裏切り者である、ケイル・イルーニアを討伐《とうばつ》しようとして、逆に自分自身が捕虜となるという失態を……。

その結果、ミハイルはゲルハルト公爵の交渉《こうしょう》の道具になってしまった。

内乱終結後、自らの命を助ける為に主君であるルピス女王が下した決断をメルティナから聞かされた時、ミハイルは慟哭《どうこく》した。

ルピス女王の側近と目されていた自分が、つまらない功名心と御子柴亮真《みこしばりょうま》という男への対抗《たいこう》心《しん》から判断を誤らせ、敬愛する主君の足を引っ張ってしまったとなれば、それも当然と言えるだろう。

そして自らの非を悟ったミハイルは、剣術以外分野で何か貢献《こうけん》出来る事を探すようになった。

このローゼリア王国を改革しようと必死でもがき続けるルピス女王の負担を少しでも軽減する為に。

ミハイルはその過程で、それまでは戦場に出ない腰抜《こしぬ》けの仕事と内心馬鹿にしてきた、調整作業や書類仕事を積極的に行う様になっていった。

そして国の運営に必要なのは、書類仕事なのだと悟ったのだ。

確かに、この大地世界《アース》において、使用者の状態に合わせた精密なレンズ加工が求められる眼鏡は、かなり高価な品だ。

それこそ、王都に暮らす一般的《いっぱんてき》な平民の年収程度では買う事は難しいだろうが、この眼鏡には金銭的な価値以上に、ミハイルの覚悟《かくご》が宿っている。

そんな大切な眼鏡をミハイルは思わず机の上に投げ出した。

それほど、ミハイルが受けた衝撃《しょうげき》は大きかったのだろう。

何しろ、つい数日前に王都ピレウスから前線へ補給部隊を派遣して、一息ついていたところなのだ。

しかし、それはあくまでも物資が枯渇《こかつ》して兵の士気にまで影響が出始めてきた北部征伐軍の窮地《きゅうち》を救う為の応急処置でしかない。

何しろ、北部征伐が開始されるタイミングで、王都近郊から軒並《のきな》み物資を買い集めてしまっているのだ。

今回、物資を買い集める為に相場よりかなり高めの金額を提示しているが、最低限の物資をかき集めるので精いっぱいだった。

それでも、後方地帯である南部から物資が送られてくるまでつなぎとしては十分だと判断していたからこそ、ミハイルは安堵していたのだ。

しかし、今回受け取った報告書の内容が事実ならば、ミハイルが立てた補給計画は水泡《すいほう》に帰す事になるだろう。

「輸送部隊が御子柴男爵《だんしやく》軍の兵の奇襲《きしゆう》を受けて全滅《ぜんめつ》……イラクリオン周辺に設けられた集積所も半数以上が壊滅《かいめつ》状態だと？　馬鹿な……いったいどうしてそんな事が……」

椅子《いす》に座《すわ》りながら目頭《めがしら》を押《お》さえ、ミハイルは深いため息と共に天を仰《あお》ぐ。

（御子柴男爵軍はティルト山脈の砦《とりで》に籠《こ》もっていた筈《はず》。何時の間に南部まで奇襲部隊を派遣したというのだ？）

勿論、ミハイルは御子柴亮真がティルト山脈に建てられた砦から出陣《しゆつじん》し、補給部隊を襲撃《しゆうげき》する可能性も考えてはいた。

何しろ、御子柴亮真が北部征伐軍に対して兵糧攻《ひようろうぜ》めを仕掛《しか》けてきているのは明白なのだから。

勿論、本来兵糧攻めという戦術は、攻城戦において攻め手《せて》が防衛側に対して仕掛ける戦法ではある。

今回で言えば、北部征伐軍が、御子柴男爵家に対して兵糧《ひようろう》戦を仕掛けるというの本来の形だろう。

それをひっくり返した今回の戦術は、まさに奇策《きさく》だ。

そして、北部征伐軍の膨大な兵数を考えれば、その戦術はまさに大軍の急所を抉《えぐ》る必殺の策と言っていいだろう。

開戦当初、占領した北部一帯の住民を強制的に立ち退《の》かせ、ルピス女王に押し付けたのも、そう言った兵糧攻めの一環《いっかん》だったのだから。

（確かに狙いは悪くない……それは認める）

とは言え、兵糧攻めを成功させるのは、敵の補給線を断ち続ける事が必要だ。

そして、敵の補給線を継続的《けいぞくてき》に断《た》つのはかなり難しい。

（だからこそ俺は、補給部隊が王都とティルト山脈の間の何処かで襲撃される事を警戒《けいかい》し、偵察部隊を派遣したのだ……）

王都と前線であるティルト山脈の位置関係を考えれば、ミハイルの判断は当然だろう。

如何にローゼリア王国軍が圧倒的《あっとうてき》多数であるとは言え、王国全土をくまなく守る事は不可能なのだ。

当然、主戦場に近い場所を重点的に警戒するのは当然の事と言える。

だが、御子柴亮真はそんなミハイルをあざ笑うかのように、裏を掻《か》いてきた。

「まさか補給元であるイラクリオン近郊で襲撃してくるとは……」

考えれば考える程《ほど》、ミハイルの思考は混乱していた。

（そもそも、いったいどうやって警戒網《けいかいもう》を潜《くぐ》り抜《ぬ》けて南部まで御子柴は軍を進めたのだ？　まさか貴族の誰《だれ》かと通じているというのか？）

表面上、貴族達の大半は御子柴亮真という男を成り上がり者と蔑《さげす》み嫌悪《けんお》している。

だが、一部にはその器量に心酔《しんすい》し、心得違《こころえちが》いをしている人間が居る事をミハイルは知っていた。

とは言え、彼等の数はそれほど多くはない。

（もっとも有力な被疑者《ひぎしゃ》はベルグストン伯爵《はくしゃく》とゼレーフ伯爵の二人だが……彼等は領地を捨てて御子柴の下へと逃亡《とうぼう》している……そうなるといったい誰が？）

単に御子柴亮真という人間に好意を抱《いだ》いている事と、王国を裏切ってまで助力する事は同一ではない。

確かに、先日の王都で催された御子柴男爵家主宰《しゅさい》の夜会で多くの貴族達の度肝《どぎも》を抜いたのは確かなようだが、だからと言って御子柴男爵家へ忠誠を誓《ちか》うとは思えないのだ。

（そう言う意味からすると、ゲルハルト子爵《ししゃく》も疑わしいと言えば疑わしいが……果たして……）

ミハイルの脳裏《のうり》に、様々な可能性が浮かんでは消えていく。

とは言え、それはあくまでも何の証拠《しょうこ》もない空想。

やがて、ミハイルは犯人捜《さが》しを止めた。

どれほど考え抜いても答えの出ない問いだと見切ったのだろう。

今のミハイルには犯人捜しに時間を費《つい》やす事など許されはしないのだから。

（いや、誰の手引きかなどこの際どうでもいい。何はともあれ、ルピス陛下へこちらの状況《じょうきょう》をお伝えしなければ……）

先日送った第一陣の物資だけで、北部征伐軍の補給を賄《まかな》う事は出来ない。

通常なら半月ほどで限界が来る。

相当配給を切り詰《つ》めても一ヶ月持てば良い方だろう。

それを過ぎれば、北部征伐軍は飢《う》えという災《わざわ》いと本格的に戦う事になる。

そしてそれは、決して勝利など得る事の出来ない負《ま》け戦《いくさ》となるだろう。

下手をすれば、反乱が起きる。

(ならば……どうする？)

今更《いまさら》、北部征伐を取りやめる事は出来ない。

何しろ、ティルト砦の攻略《こうりゃく》すら出来ず、敵の本拠地であるウォルテニア半島に侵攻《しんこう》出来ていないのだ。

今の状態で北部征伐軍が兵を引けば、貴族達を始めこの国に暮らす誰もが、ルピス女王の敗北と見るだろう。

(そうなれば、折角削《せっかくけず》ってきた貴族達の勢いが盛り返しかねない……)

そして仮にそうなった場合、ルピス女王に残された道は恐らく二つしかない。

貴族達の傀儡《かいらい》として、王座を維持《いじ》するだけの存在となるか、さもなければ敗戦の責任を追及《ついきゅう》された挙句、ラディーネ王女に王位を奪《うば》われるかのどちらかだ。

(結局……俺《おれ》が犯したあの時の失態が、最後まで足を引っ張るのか……)

一瞬《いっしゅん》、胸中に苦いものが過る。

ラディーネ・ローゼリアヌスは本来、存在しない筈の王女だ。

確かにローゼリアヌス王家の血縁者《けつえんしゃ》にみられる銀髪《ぎんぱつ》という特徴《とくちょう》を持ってはいる。

だが、逆に言えばそんな身体的特徴と、赤子の時に先代の国王より授《さず》けられたというペンダントくらいしか、彼女《かのじょ》が先代国王の娘《むすめ》であるという証拠が存在しない。

確かにペンダント自体はローゼリアヌス王家が所有していた品である事は確認されている。

だが、だからと言って、所有している人間が本物とは限らないのだ。

(ましてや、あの女を捜し出した人間が問題だ……)

ミハイルの脳裏に、胡散臭《うさんくさ》い中年のニヤケ面が浮かぶ。

(須藤秋武《すどうあきたけ》……)

先の内乱時にはゲルハルト元公爵の下で暗躍《あんやく》した謎《なぞ》の男。

胡散臭さという意味で言えば、御子柴亮真と同じくらいに、何処の馬の骨とも分からない人物なのは確かだ。

そして内乱が終結した後は、ラディーネ王女の側近としてこの王宮を闊歩《かっぽ》するようになった。

ザルーダ王国への救援《きゅうえん》の際には、御子柴を上手《うま》く使えばよいとミハイルに囁《ささや》いたのも、この須藤秋武という男だ。

(有能で便利な男なのは確かだ。だが、アイツの腹の内が読めない……)

以前は憎《にく》んでいた男だ。

だが、利用価値があると知ってからは、有効に使ってきた。

そしてそんなミハイルの思惑を薄々《うすうす》は察していただろうに、須藤は最適とも言うべき結果を見事に出し続けてきた。

内乱終結後、周囲から白眼視されていたミハイルがルピス女王の側近として復活出来たのも須藤の工作があればこそだろう。

勿論、ミハイル自身の意識改善や努力がなかった訳ではない。

いや、ある意味ミハイルは汚名《おめい》を雪《すす》ぐために血を吐《は》くような努力を積み重ねてきた。

しかし、努力だけでは報《むく》われないのが世の中というモノ。

ましてや、このローゼリア王国の貴族社会には、一度ドブに沈《しず》んだ犬を掬《すく》い上げてやろう等という奇特《きとく》な存在は居ない。

少なくとも、須藤の工作がなければ、如何にルピス女王の引き立てがあったにせよ、女王の側近として王都の代理責任者という地位まで任される事はなかった筈だ。

そう言う意味からすれば、ミハイルと須藤はまさに仲間と言っていいだろう。

だが、ミハイルは須藤に対して一度たりとも気を許した事はない。

そんな男がラディーネ王女を探し出したというのだ。

それだけで、ラディーネ王女に対する信頼性《しんらいせい》など皆無《かいむ》だろう。

少なくとも、ミハイルやメルティナはラディーネ王女が偽者《にせもの》であると確信していた。

(だが、このままではそんな偽者が歴史あるローゼリア王国の玉座に座るかもしれない……)

それは、ミハイルにとって、絶対に看過出来ない結末。

なまじ、自らの失態が根本的な原因であるだけに、その焦燥《しょうそう》感は半端《はんぱ》ではない。

そして、そんな最悪の未来を避《さ》ける手段はたった一つしかない。

だから、ルピス女王には御子柴亮真を打ち倒《たお》し、勝利という結果がどうしても必要なのだ。

ただ問題は、その勝利をどうやって得るかという点だろう。

（ティルト砦を短期間で破る事は無理だ……あの地形では攻城兵器も碌に運用出来ないし、城《じょう》壁《へき》には法術封《ふう》じの術式が施《ほどこ》されている……可能性があるとすれば、先日送られてメルティナの手紙に書かれている左右の山を登って砦へ侵入《しんにゅう》する方法だが……これも恐らくは無理だろう）

何しろ御子柴男爵家の兵には熟練の傭兵達《ようへいたち》が騎士として取り立てられている。

そんな傭兵達にすれば、山岳戦《さんがくせん》はまさに独壇場《どくだんじょう》の筈だ。

（アイツに仕える密偵《みってい》集団も居るからな）

それに加え、あの険しい山では北部征伐《せいばつ》軍の最大の長所である大軍であるという利点が使えないのも問題だ。

兵法の基本は天の時、地の利、人の和。

しかし、地の利も人の和も御子柴男爵家にあると見た方が良い。

そうなると、結論は一つしか残らない。

（やはり、野戦で決着を付けるしかない……か）

単純な兵数では北部征伐軍の方が圧倒的に有利なのだ。

現在の苦境は、あくまでも御子柴亮真が奇策を多用し、野戦による決着を避け続けているが故《ゆえ》の事なのだから。

(だが問題は、どうやってあの男を戦場に引き摺り出すか……だが……)

それこそ、ミハイルが探し求める答え。

(単に罵倒《ばとう》や嘲笑《ちょうしょう》をしたところで、あの男が怒《いか》りに任せて砦から出て来る事はない。恐らくは黙殺《もくさつ》されて終わりだろう)

北部征伐軍はまさに、ティルト砦という巨大《きょだい》な罠に嵌《はま》った手負いの獣。

そんな獣が幾《いく》ら吠《ほ》え掛かろうとも、狩人《かりゆうど》である御子柴亮真は眉《まゆ》一つ動かす事はない。

黙《だま》って砦に籠っていれば、獣は衰弱《すいじゃく》し力を失っていくのが明らかなのだ。

その程度の事は、ミハイルの頭でも容易に想像がついた。

とは言え、他に有効そうな策も思いつかないのが現状だ。

だがその時、天を睨《にら》みながら考え続けるミハイルに神は天啓《てんけい》を与《あた》えた。

(そうか、これだ！　これならばあの男を討《う》ち取る事が出来るかもしれない！)

確かに、危険な賭けになるだろう。

場合によっては、ルピス女王の戦死という最悪の事態も想定されるのだから。

だが、このまま手をこまねいていても結果は同じなのだ。

(ならば、一《いち》か八《ばち》かの勝負に出るのも……そうなると、まずは賭けをする為の準備が必要だ……な)

そしてミハイルは机の上に置かれた呼び鈴《りん》を鳴らす。

そして、呼び出しに応じてドアを開けた副官に向かって叫んだ。

「至急王都近郊に兵を集めろ。いいな、根こそぎ集めるんだ。各地の貴族領に残っている留守居役の守備兵も総動員だ。反抗《はんこう》する奴《やつ》は、反逆罪として処刑《しょけい》してかまわん！」

「閣下……いったい何を……何故急に」

あまりに予想外の命令に副官が目を白黒させながら問い返す。

それは当然の疑問だ。

だが、ミハイルは猛然《もうぜん》と椅子から立ち上がり、戸惑《とまど》いの色を見せる副官を怒鳴《どな》りつけた。

「ぐずぐずするな！　一刻を争うのだ！」

そして、息せき切って部屋を飛び出していく副官の姿を確かめる間もなく、椅子に座り込《こ》む。

（これで良い……）

国王の代理としての権限を持つとは言え、貴族領から兵をかき集めるというのは、越権行為《えつけんこうい》とも言われかねない危険な決断だ。

だが、一か八かの賭けに出る以上、策が破れた時の為の保険は絶対に必要だった。

（全ては俺一人の責任という事で、収めればいい……）

それは悲壮《ひそう》なまでの覚悟。

いや、或《あ》いは罪悪感からの発露《はつろ》だろうか。

ただ、どちらにせよミハイルは放り出していた眼鏡を再び掛け、ルピス女王に宛《あ》てた進言を紙に書き記していく。

（御子柴……貴様の策を逆手に取ってやる！　目には目を、罠には罠をだ！）

それが、このローゼリア王国の未来を切り開くと信じながら。


ミハイルの決断から数日が経《た》った。

空には分厚い雲が立ち込め、月明かりはおろか星の瞬《まばた》きすら見えない、そんな夜だ。

それはまるで、このローゼリア王国の行く末を暗示しているかの様に思えた。

北部征伐軍の野営地もまた、夜の帳《とばり》に覆われ、兵士達の多くが粗末《そまつ》な毛布にくるまれながら、夢の中へと旅立っている。

そんな中、ルピス・ローゼリアヌスは、自らの天幕の中に設《しつら》えられた執務机《しつむづくえ》に肘《ひじ》をつき顎《あご》を乗せながら、ただジッと考え込《かんが》んでいた。

そして机の前には腹心の部下であるメルティナ・レクターと、北部征伐軍の総指揮官であるエレナ・シュタイナーの二人が立っている。

北部征伐軍を主導する彼女達《かのじょたち》にしてみれば、こんな状況下で悠長《ゆうちょう》に睡眠《すいみん》を取ることなど出来ないという事なのだろう。

そんな三人の視線の先には、先ほど王都より届けられたミハイルの書状が広げられていた。

「まさか、南部にまで御子柴男爵家の兵が……」

そんな言葉が、メルティナの口から零《こぼ》れる。

実際、それはこの場に居る三人にとっても寝耳《ねみみ》に水《みず》の状況と言える。

あまりに予想外の展開にまさに茫然《ぼうぜん》自失と言った有様だ。

だが、誰もが驚愕《きょうがく》して思考が停止する中、最初に脳の再起動に成功したのは、歴戦の勇士であるエレナだった。

「確かに驚《おどろ》きの内容ですが、ミハイル殿《どの》の報告は恐らく間違《まちが》いないでしょう……ならば、此処はどうやって御子柴男爵軍がイラクリオン近郊《きんこう》まで兵を派遣《はけん》出来たのかを考えるよりも、今後の対処方針を決めるべきだと思われます」

それは、極《きわ》めて合理的な思考。

イラクリオン近郊に集められていた物資を失ってしまったのならば、失った理由を考えるより、これからどうするかを決める方が建設的なのだ。

「確かに、エレナの言う通りですね」

「私もそのように思います。陛下……」

そして、そんなエレナの言葉に、ルピス女王とメルティナも平静を取り戻す。

とは言え、打てる手はそう多くはないのが実情だ。

選択肢《せんたくし》は二つ。

ミハイルの書状に書かれた戦術を採用して御子柴亮真との決戦に臨《のぞ》むか、このまま王都に向けて撤退《てったい》するかのどちらかしかないだろう。

ならば、ミハイルの提案を採用して決戦に持ち込むというのは悪い策ではない。

それにミハイルの手紙には、策が失敗した時の保険として、王都に近隣《きんりん》の兵を集結させたと書いてきている。

つまり、最悪の場合は王都での決戦を視野に入れているという事だ。

とは言え、その代償《だいしょう》はかなり大きかった。

ミハイルの策を採用するという事は、ルピス女王自身が戦場に立つことを意味している。

万に一つの可能性だが、本陣《ほんじん》を強襲《きょうしゅう》された場合、命を失う事も有り得るのだ。

それに、問題は他にもある。

(ミハイル殿……なんて無茶な事を)

それは、手紙の最後に書かれた一文。

王都近郊に点在する貴族領の兵を王都に集結させたという部分だ。

確かに緊急措置《きんきゅうそち》としての正当性はある。

戦術的には後詰《ごづ》めという扱《あつか》いだから、判断としては適切と言えた。

しかし、政治学的な見地からすると、かなり危険な手段でもある。

仮に今回の策が功を奏し勝利を得たとしても、貴族達は自分達の権利を侵《おか》されたと必ずやミハイルを糾弾《きゅうだん》するだろう。

それは、戦に勝つ負けるという次元の話ではない。

貴族達の既得《きとく》権益に正面からメスを入れる様なものなのだ。

当然、貴族達は強く反発する。

そして北部征伐軍の現状を考えれば、ルピス女王はミハイルを庇《かば》う事が出来ないだろう。

流石《さすが》に状況から死罪はないだろうが、謹慎や降格と言った処分は免《まぬが》れない筈だ。

また、策が失敗すればミハイルの想定通り、王都での最終決戦という事になる。

この場合、ミハイルの公式な処罰《しょばつ》を受ける可能性はかなり低い。

流石に、敵軍を目の前にして自軍の将を処罰するのは馬鹿げているし、貴族達がいかに愚鈍《ぐどん》で暗愚《あんぐ》であってもその程度の分別は持ち合わせているだろう。

(だがそれは結局、ミハイル殿にとって死刑《しけい》宣告も同じ事)

公式の処罰がないという事はある意味、自らの力で贖罪《しょくざい》を勝ち取らなければならないという事に他ならない。

だがその結果は、目に見えている。

ミハイル・バナーシュという男の性格から考えて、彼は間違いなく死を賭《と》して戦う。

いや、文字通り死に場所を探し求めて戦う事になるのは目に見えていた。

(でも……)

問題は、既《すで》にその結末を止めようがないという点だ。

ミハイルはルピス女王に貴族達の兵を集めたいと、許可を求めているのではない。

王の代理として、兵を集めましたと事後報告をしてきたのだ。

(勿論、私達がミハイル殿の策を採用するしないに拘《かか》わらず、王都に兵が居れば選択肢は残される……そう言う意味では正しい判断だわ……)

採用するべき無数の理由と、主君を危険に晒《さら》すかもしれないという不安、そして同僚《どうりょう》の決死の思いがメルティナの心を掻きまわしていた。

（やはり此処は、一度仕切り直すべきだわ……）

勿論、その考えが戦略的に最良ではない事はメルティナも理解している。

だが、主君を危機にさらしての博打《ばくち》にはどうしても賛同出来なかった。

しかし、エレナはそんなメルティナとは異なる結論を出したらしい。

それは、【ローゼリアの白き軍神】と謳《うた》われた歴戦の女傑《じょけつ》らしい判断だった。

「私はミハイル殿の策を取るべきだと考えます」

その言葉にメルティナは顔色を変える。

「些《いささ》か危険すぎます。確かにミハイル殿の策を採用すれば、勝利を掴《つか》めるかもしれません。ですが、裏目に出れば最悪陛下のお命が危険に晒されます！　それくらいならば、此処は定石通り王都へ撤退して仕切り直す方が良いでしょう」

実際、敵が仕掛けてきた兵糧攻めを逆に撤退の口実として使い、砦から飛び出してきた敵軍を迎《むか》え撃《う》つというミハイルの策は、一歩間違えれば北部征伐軍全体が崩壊《ほうかい》しかねない程の危険な戦術だ。

言うなれば、敵と刺《さ》し違《ちが》える覚悟が必要になるだろう。

だが、その点を懸念《けねん》するメルティナに対して、エレナはゆっくりと首を振《ふ》った。

「勿論危険なのは分かっているわ……でも、厳しい事を言う様だけど、このまま撤退しても先がないのは変わらないわよ？」

少なくとも、総兵力二十万という膨大《ぼうだい》な兵力を集めての北部征伐は不可能だろう。

ミハイルの命令によって集められた兵も、領主である貴族が王都に戻れば、その指揮下に戻るのは目に見えているのだ。

そして、貴族達がこのまま王都に戻れば、彼等は間違いなく自らの領地に戻り、二度とルピス女王の要請《ようせい》には応《こた》えなくなる。

彼等にしてみれば、大軍をもって攻め寄《せ》せながら敵の領内にすら侵攻出来なかった無能な国王におめおめと従う理由などないのだから。

そしてそれは、この場に居る誰もが理解している事だ。

だからメルティナもエレナの言葉に反論する事は出来ない。

そして、そんなメルティナにエレナは憐《あわ》れむような視線を向けながら、ルピス女王に向かって話しかける。

「それに、ミハイル殿の策はあくまでも北部征伐軍の撤退が前提になっています。つまり、ミハイル殿の策を採用するしないに拘わらず、北部制圧は此処で終わりなのです」

「それならば、勝利を掴む可能性に掛《か》けた方が良いと?」

「はい陛下……」

その言葉に、ルピス女王は再び口を閉じた。

そして、漸《よう》く考えがまとまったのか、重い口を開く。

「仮にミハイルの策を採用するとして、御子柴亮真があの砦から出てくる可能性はあるのかしら？」

それは、ルピス女王がミハイルの提案書を読んだ時に感じた最初の疑問。

だが、そんなルピス女王に対して、エレナはゆっくりと首を振った。

「勿論、御子柴男爵軍が砦に籠もったまま撤退を見逃《みのが》す可能性はあります。ですが、御子柴男爵側も決して余裕《よゆう》がある訳ではありません」

その言葉に、メルティナとルピス女王は首を傾《かし》げる。

そしてそんな二人に、エレナは自らの考えを伝えた。

「確かに、御子柴男爵はこの戦を有利に運んでいます。ですが、その為に支払《しはら》う事になった代償も大きい」

なによりも問題なのは、王国北部一帯の住民達を立ち退かせ、城塞《じょうさい》都市イピロスを灰燼《かいじん》に帰したという事実だ。

戦術的な観点だけで考えれば、効率的で効果的な策である事は確かだろう。

だが、経済的にはどうだろう。

今迄《まで》ウォルテニア半島で水揚《みずあ》げされた品々がローゼリア王国内に供給される場合は、城塞都市イピロスの商会連合を通してきた。

如何《いか》に需要《じゅよう》のある品であっても、売り手と買い手が上手くマッチングしなければ商売は成り立たない。

そして、貴族家である御子柴男爵家には大規模な販売網《はんばいもう》を構築する術と時間がない。

だからこそ、他国との交易はクリストフ商会に主導させ、ローゼリア王国内の経済活動は長年イピロスに根を張り続けてきた商会連合に任せてきた。

そして、御子柴男爵家から下ろされた品々は各商会が長年培ってきた流通網《りゅうつうもう》にのってローゼリア王国各地へと流れて行ったのだ。

だが今回、北部征伐が開始される前に、各商会はその流通網を縮小している。

それも当然の判断だろう。

今回行われた北部征伐とはいわば、御子柴男爵家対ローゼリア王国そのもののぶつかり合いなのだ。

だから、仮に各商会が流通網を縮小して販売《はんばい》を止めなければ、ルピス女王は各貴族達に命じて、商会連合に属する全ての商会との取引を強制的に停止し、商品や家財の一切《いっさい》を没収《ぼっしゅう》しようとしただろう。

だから、それを防ぐ為に、流通網を縮小し、王都から撤退したのは確かに悪くない判断と言える。

だが、その決断の代償は少なくない。

一国の首都を中心とした経済圏《けいざいけん》から完全に手を引く事になったのだから。

勿論、商会連合の取引先はローゼリア王国内だけに限定されている訳ではない。

エルネスグーラ王国を盟主とした四ヶ国連合のおかげで、ミスト王国やザルーダ王国とも交易をしているので、直ぐに経済的に立ち行かなくなると言った事はないだろう。

とは言え、ローゼリア王国からの経済的撤退は、御子柴男爵家にとっても大きな打撃《だげき》だった筈なのだ。

その上、北部征伐軍を迎え撃つ為の火計の代償として王国北部の中心的存在である城塞都市イピロスが灰燼に帰した。

その結果、商会連合は拠点《きよてん》であったイピロスから退去する羽目になってしまい、その機能は完全に停止している。

そして、そう言った諸々《もろもろ》の経済的な問題を解消する一番の解決策と言えば、この戦争を終わらせるという事になるだろう。

つまりは、講和か勝利のどちらかを得るという事だ。

「ですが、今更講和などあり得ません」

その言葉にルピス女王は無言のまま頷《うなず》く。

既に少なくない犠牲《ぎせい》を支払っているのだ。

北部征伐に参戦した貴族達も鬱憤《うつぷん》が溜《た》まっている。

ここで講和などすれば、何の為の北部征伐なのかという声が沸き上がるのは目に見えているし、仮に御子柴男爵家が講和に同意したところで、その事をルピス女王自身が素直《すなお》に受け入れられないのは目に見えている。

結局、火種は火種のまままくすぶり続け名ばかりの講和となるのが目に見えていた。

そして、そんな状況で御子柴男爵家が経済活動を以前の様に行えるかと言えば、首を横に振るしかないのだ。

「では、このまま北部征伐を一旦《いったん》切り上げ、王都へ無事に退却《たいきゃく》したと仮定した場合、陛下はどうされますか？」

エレナの問いにしばらく考え込んだ後、ルピス女王はハッキリと答えた。

「当然、次の戦の準備を始める事になるでしょうね……」

勿論《もちろん》、直ぐに第二次北部征伐軍を編制出来るとは思えない。

だが、御子柴男爵家を糾弾する声明を出し、戦の準備を始める事は出来る。

また、北部征伐程《せいばつほど》の規模ではなくとも、軍を派兵する事は可能だ。

具体的に言えば、現状では政治的空白地となっている北部一帯の占領《せんりょう》だろう。

仮にそれが難しい場合は、少数の部隊を継続的に北へ派遣して、御子柴男爵家の復興活動を妨害《ぼうがい》するというのも良いかもしれない。

また、近隣諸国に使者を派遣し、外交的な圧力を加えるという方法も考えられる。

勿論、各国がローゼリア王国の要請に素直に従うとは思えないが、しつこく圧力を掛ける事で、御子柴男爵家の経済活動を阻害《そがい》する事は可能だった。

そして、王都に帰還《きかん》したルピス女王が、そう言った妨害工作に出るであろう事を予見出来ない程、御子柴亮真という男は愚《おろ》かではないだろう。

つまり、御子柴亮真にしても、今回の戦で全ての決着を付けてしまいたいと考えている可能性がかなり高いのだ。

「ならば、わざと隙《すき》を見せながら撤退をすれば……」

「はい、喰《く》いついてくる可能性は十分にあります。そして、そこを一気に数で押し切ればわが軍の勝利は確実かと」

ルピス女王の問いに、エレナは深く頷いた。

とは言え、問題がない訳ではないのだ。

そして、その問題点をメルティナは見逃さなかった。

「しかし、その為には、貴族達《たち》の協力が不可欠になります……面子に固執《こしつ》する彼等《かれら》が私達の策に協力してくれるでしょうか？」

だが、エレナはそんなメルティナの懸念に対して安心しろと言わんばかりに胸を叩いて見せる。

「確かに、貴族達の協力は必要です。ですが、要は彼等の面子が立つように話を持っていきさえすれば良いのです」

「というと？」

「正直に、撤退は御子柴男爵軍を砦から釣り出す罠であると伝えましょう。その上で、敵が砦に籠もったまま閉じこもっているのであれば、その事実をもって北部征伐の成果とすればよいと説得するのです。貴族達も口では勇ましい事を言っていますが、一部の愚か者《おろもの》を除けば、大半は現状を理解していますから、問題ないでしょう」

仮にエレナ達の狙《ねら》いを見抜《みぬ》くような出来る貴族が居ても、面子と実益を天秤《てんびん》に掛けてエレナ達の策に乗る筈だし、狙いが見抜けない様な愚か者ならば、シナリオ通りに踊《おど》ってくれるはずだ。

懸念があるとすれば、大まかな戦略を立てる事は出来ても、エレナが各貴族達の指揮を直接とる事が出来ないという点だろう。

勿論、協力や助力を乞《こ》う事は出来るが、強制的にエレナの命令に従わせることは不可能なのだから。

とは言え、数に任せて押し切るのであれば、そこ迄厳密な指揮が必要ないのも確かだ。

それよりも大切なのは、貴族達の戦意と勢いを殺さない事だろう。

「成程《なるほど》……それならば……」

エレナの説明を聞きメルティナもようやく頷いた。

というより、頷くより他に選択肢がなかったという方が正しいだろうか。

そしてそれは、ルピス女王も同じだった。

相変わらず不安そうな表情ではあるが、エレナの言葉に頷いたところを見ると、覚悟は既に出来ているのだろう。

そして、そんなルピス女王の愁《うれ》いを帯びた顔を見た瞬間、メルティナの胸中は御子柴亮真という男への殺意で燃え上がっていた。

（御労《おいたわ》しい事だ……何故《なぜ》、この心優《こころやさ》しい方が、これほどまでに心を痛める羽目になるのか……）

メルティナにとってルピス・ローゼリアヌスは己《おのれ》の全てを捧《ささ》げるに足る主君だった。

その主君の表情を曇《くも》らせ続ける御子柴亮真という男に、怒りと殺意が沸《わ》き上がるのも当然だろう。

(それもこれも、全ての元凶《げんきょう》はあの男……あの男さえ殺せれば……)

その思いが正義かどうかは関係ない。

その判断が正しいかどうかも、メルティナには意味がなかった。

ただ、御子柴亮真という男を殺したい。

その妄執《もうしゅう》にも似た想《おも》いだけがメルティナの心を埋《う》め尽《つ》くす。

そんなメルティナにエレナもルピス女王も声を掛ける事はなかった。

今更何を言っても意味はない。

既に、賽《さい》は投げられているのだから。

そして、三人は互《たが》いの顔を確認《かくにん》し、意思を確かめ合う。

それが、自分達に残された最後の希望だと理解しながら。


数日後。逆賊《ぎゃくぞく》として認定《にんてい》された御子柴男爵家を征伐する為《ため》に集まり、ティルト砦の前に布陣《ふじん》していた北部征伐軍は撤退を始めた。

それはまさに、潮が引いていくのにも似た光景。

彼等は整然と陣形《じんけい》を保ちつつ、王都が存在する南西に向けて行軍を進めた。

「ようやく動いたか……」

ティルト砦の物見台の上から敵軍の動きを確かめていた亮真の唇《くちびる》が釣りあがる。

それは、獲物《えもの》を見つけた猛獣《もうじゅう》が浮《う》かべる凶悪《きょうあく》にして冷徹《れいてつ》な笑《え》み。

いや、嘲笑と侮蔑《ぶべつ》、そして限りない殺意が滲《にじ》む、そんな表情を浮かべる事が出来る獣《けもの》はいない。

それが出来るのは人間だけだ。

ただどちらにせよ、亮真は自らの策が大詰《おおづ》めに差し掛かっている事を察していた。

そして、長きにわたって続いた、ルピス・ローゼリアヌスという女との確執《かくしつ》に終止符《しゅうしふ》が打たれようとしている事も。

第四章　北部征伐の終わり

「陛下！　御子柴《みこしば》男爵軍が追撃《ついげき》を開始しました！」

漸く御子柴亮真《りようま》も重い腰《こし》を上げたらしい。

息せき切って駆《か》けてきた伝令の報告に、ルピス女王は悠然《ゆうぜん》と頷いて見せる。

北部征伐軍が撤退を開始して既に数日が経っていた。

ゆっくりとした行軍速度を保っての撤退だったが、既に城塞都市イピロスは間近に迄迫《までせま》っている。

此処《ここ》は、城塞都市イピロスとティルト山脈の間に横たわるルノーク平原。

実に広大な平原だが、魔境《まきよう》と言われたウォルテニア半島に近い事もあり、ザルツベルグ伯爵《はくしやく》家《け》はこの地の開拓《かいたく》を行ってこなかったという歴史がある。

その為、決戦の舞台《ぶたい》としてはこれほど相応《ふさわ》しい土地はない。

そして、見晴らしの良いこの平原は、大軍の運用に向いているので、北部征伐軍には有利な地形と言えるだろう。

（まぁ、他に決戦の地として使えそうな土地はないから当然よね……）

この平原を超《こ》えればそこには城塞都市イピロスが姿を現す。

勿論、イピロスは既に城塞都市としての機能を焼失《しょうしつ》しているので、北部征伐軍が防衛拠点として利用する事は出来ないが、御子柴亮真としてもイピロス近郊まで軍を進めるのはかなり危険だと言える。

そうなると、このルノーク平原が戦場としては最有力となる訳だ。

自らの想定した通りの場所での決戦に、メルティナはほっと胸を撫《な》でおろす。

勿論、これで勝利が決まる訳ではない。

だが、大きな賭《か》けに出ようというメルティナにしてみれば、ほんの小さな有利でも縋《すが》りたいと思うのが人情だろう。

心境的には、まずは先制点を挙げたと言ったところだろうか。

そして、メルティナはルピスに向かって小さく頷く。

そして、メルティナが頷くのを確認したルピス女王は事前に決めた言葉を言い放った。

「分かったわ。各部隊には伝令を向かわせ、当初の作戦通りに御子柴男爵軍を迎え撃つように、伝えなさい！」

その命令を受け、周囲の騎士《きし》が慌《あわ》ただしくルピス女王の傍《そば》から離《はな》れていく。

その姿に視線を向けながら、ルピス女王は小刻みに震《ふる》える体を両手で抱《かか》える。

恐《おそ》らく、敵軍の接近を聞き、緊張《きんちょう》が頂点に達したのだろう。

事前に想定していた展開であるとは言え、不安に感じて当然と言える。

そんなルピス女王の肩《かた》に、メルティナは手にしていたマントを掛ける。

そして、耳元で優《やさ》しく囁いた。

「ご安心ください。陛下の御身《おんみ》は私が命に代えても必ずお守りします」

それは、自らの命を懸《か》けた誓約《せいやく》。

そして、その言葉にルピス女王は無言のまま小さく頷いた。

今の彼女には、メルティナの言葉を信じる以外に出来る事などないのだから。


両軍が、イピロス郊外《こうがい》の平野で対峙《たいじ》する。

北部征伐軍十五万に対して、御子柴男爵《だんしゃく》軍は約五万。

およそ三倍の戦力差だ。

ルピス女王率いる北部征伐軍の陣形は、数の有利を最大限に活用する鶴翼《かくよく》の陣《じん》。

大きく翼《つばさ》を広げた鶴《つる》にも似たその陣形は、敵を囲《かこ》い込んで殲滅《せんめつ》する事に特化した陣形と言えるだろう。

それに対して、御子柴亮真が選んだのは横陣。

ただ横に広がるという、最もシンプルな陣形だ。

睨み合う両軍。

やがて戦の開始を告げる角笛が両軍から響《ひび》き渡《わた》る。

そして、その合図に従い北部征伐軍の先鋒《せんぽう》が行軍を始めた。

それは、数という優位を最大限に生かした正攻法《せいこうほう》の戦術。

だが、ルピス女王の思惑《おもわく》は、初手から外される事になる。

「ネルシオス！　当初の予定通り、まずは敵の数を減らすぞ！」

亮真は右耳に付けた飾《かざ》りに向かって命令を下す。

それは、ウェザリエの囁きと名付けられた法具。

西方大陸で信奉《しんぽう》されている光神メネオースの従属神とも言われているウェザリエの名を冠《かん》したその法具の効果は、法術という超常《ちょうじょう》の力を利用した通信装置だ。

簡単に言えば、携帯《けいたい》電話の様な物だろうか。

ただし、ウェザリエの囁きと携帯電話とでは明確に異なる点が幾つか存在している。

まずは動力源だが、ウェザリエの囁きは電池ではなく施された術式に生気《プラーナ》を流《なが》し込む事でその効果を発揮する。

また、携帯電話とは異なり、電話番号などは存在しない。

二個一組でセットとなっている片方にしか通信が出来ないのだ。

また、通話距離《きょり》もかなり短い。

携帯電話は相手の電話番号が分かっていて、通信料金さえ気にしなければ世界中どこにでも掛ける事が出来るが、ウェザリエの囁きの有効範囲《はんい》は二十キロ程度に限定されているのだ。

そう言う意味からすれば、現代の情報化社会に暮らす人間から見ると欠陥品《けっかんひん》という評価にしかならないだろう。

だが、騎馬《きば》による伝令や、伝書鳩《でんしょばと》と言った通信手段しか存在しないこの大地世界《アース》においては、まさに画期的というべきだろう。

（こいつのおかげで咲夜《さくや》を助ける事が出来たんだからな）

もし、ウェザリアの囁きを持った密偵が北部征伐軍の中に紛《まぎ》れ込んでいなければ、追撃の為に出陣《しゅつじん》したエレナの動きを察する事が出来ず、咲夜の救出が間に合わなかった可能性もあるのだ。

勿論、亮真としては不満がない訳ではない。

亮真の思《おも》い描《えが》く国を作る上で、情報伝達の速度は何よりも重要なのだから。

特に、受信先を切り替《か》えられないというのは致命的《ちめいてき》だろう。

だが、少なくともこの戦の間は今の性能でも事が足りる。

実際、ウェザリエの囁きは、このルノーク平原全域をカバーしているのだから。

そして、亮真の命令は二百メートル程《ほど》後方に布陣している、ネルシオスの耳飾《みみかざ》りへと瞬時《しゅんじ》に転送された。

「承《うけたまわ》った！」

言葉と同時に、ネルシオスの槍《やり》が天に向かって掲《かか》げられる。

その合図に従い、指揮下にある黒エルフ族の兵一万の内、半数の五千が一斉《いっせい》に弓を引き絞《しぼ》った。

彼等はウォルテニア半島で暮らす全ての黒エルフ族から選抜《せんばつ》された精鋭《せいえい》。

その実力は熟練の騎士をも超える戦士達だ。

そんな彼等が狙うのは、御子柴男爵軍の正面に布陣している一団。

敵軍までの距離は、およそ一キロ弱と言ったところだろうか。

飛距離《ひきょり》に優《すぐ》れている長弓《ちょうきゅう》の飛距離が四～五百メートル程だから、その倍近い距離という事になる。

ましてや、飛距離とはあくまでも矢が届く距離でしかない。

敵を射殺す事の出来る殺傷距離という観点で言えば、その三分の一もあるかどうかだ。

本来であれば、意味のない攻撃《こうげき》だろう。

しかし、彼等が手にしているのは、エクレシア・マリネールとの交渉《こうしょう》の末、ミスト王国から持ち込まれた先進式の短弓《たんきゅう》をネルシオス達黒エルフ族の職人が改良した逸品《いっぴん》だった。

その威力と射程距離は大地世界における弓という武器の概念を遥かに超えている。

そしてその驚異的とも言える性能を、北部征伐軍の兵士達は身をもって味わう事となった。

「敵の数はこちらの三倍だ！　狙いを付ける必要などない！　とにかく天に向かって矢を打ち込め！」

限界まで引き絞られた弓と矢。

そして次の瞬間《しゅんかん》、天に向かって突《つ》きたてられていたネルシオスの槍が、勢いよく振り下ろされた。

「放て！」

その瞬間、ネルシオスの号令の下、黒エルフ族の戦士が一斉に矢を放つ。

そして、初撃の結果を確認する事もなく、再びネルシオスの号令が戦場に響き渡る。

「第二射、構え！」

最初の宣言通り、とにかく矢が尽きるまで打ち続けるつもりなのだろう。

実際、ネルシオス達の布陣しているのは、亮真達の後方。

当然、亮真達の陣がブラインドになってしまい、敵軍の姿を直接視認《しにん》する事は出来ない。

だが、それで構わないのだ。

ネルシオス達に求められているのは、とにかく弓矢を放ち続ける事で、敵軍に圧力を掛ける事なのだから。

そしてそれは、まさに死の雨となって北部征伐軍の将兵に向かって降り注ぐ。

「矢だ！　盾《たて》を掲げろ！」

指揮官が口々に兵に向かって命令を飛ばす。

大半の兵士が持つのは粗末な木の盾。

だが、飛距離から考えれば、それでも十分に身を守る事が出来る。

少なくとも、彼等の常識ではそうなっていた。

「馬鹿め、この距離で矢を打ち込んだところで、鎧《よろい》に阻《はば》まれるのがオチよ！」

中には、そんな事を言いながら笑い飛ばす騎士の姿もあるくらいだ。

しかし、そんな甘《あま》い予想は瞬時に打ち砕《くだ》かれる事になる。

その鏃《やじり》はまさに凶器《きょうき》だった。

その形状は身が厚く幅広《はばひろ》いという一般的《いっぱんてき》な三角形の鏃に比べて特殊《とくしゅ》な形状をしていた。

鑿形《のみなり》や楯割《たてわり》と呼ばれるその形状は、敵の盾や鎧などの防具を撃ち抜《ぬ》く事に主眼を置いた兵器だ。

そして、その矢を放つ弓は幾つもの素材を用いた複合弓。

それも通常複合弓は短弓として造られるが、黒エルフ族が持つのは威力《いりょく》と射程距離《きょり》に優れた長弓。

その威力はまさに、規格外の一言だった。

山なりに打ち込まれる矢の雨が、北部征伐軍の兵士達を次々と射貫《いぬ》いていく。

それはまさに地獄《じごく》の様な有様。

粗末な木の盾など一撃《いちげき》で割れてしまう。

中には、そのまま盾ごと射貫かれる兵士も出ている始末だ。

そしてその悲劇は、金属製の鎧に身を包む騎士達にも容赦《ようしゃ》なく襲い掛かる。

確かに、即死《そくし》するほど深く突き刺さる事は少ない。

だが、十分に行動不能となる程度の傷を負わせる事に成功していた。

御子柴男爵軍の先制攻撃は見事に成功を収めたと言ったところだろう。

とは言え、それはあくまでも戦場全体から見れば局所的な状況《じょうきょう》でしかない。

「陣形を崩《くず》すな！　このまま押《お》し進《すす》め！」

その命令に従い、矢の雨を受けるという悲劇に見舞《みま》われなかった幸運な北部征伐軍の部隊が前進を始めた。

それを見て、前線指揮官として戦況《せんきょう》を見守っていたリオネが叫《さけ》ぶ。

「こっちも陣形を保ちつつ前進だ。良いかい、崩れるんじゃないよ!」

リオネが率いるのは重装歩兵の壁《かべ》。

その数、およそ三万。

実に御子柴男爵軍の半分以上がこの重装歩兵という事になり、それを一手に指揮するのが【紅獅子《べにじし》】のリオネその人だ。

傭兵《ようへい》から一軍の将にまで駆け上がった傑物《けつぶつ》。

そんなリオネが率いるのは、斧槍《ハルバード》を手にした重装歩兵達。

騎馬隊《きばたい》に比べて機動力は劣《おと》るものの、硬化と軽量化という二つの術式を付与《ふよ》された金属鎧で身を包むこの部隊は、圧倒的《あっとうてき》とも言うべき防御能力と継戦能力を誇《ほこ》る精兵だ。

まさに、御子柴男爵家が有する最強の盾であり、この戦場における要というべき存在だろう。

やがて、両軍は互いに接敵し、戦場に血の雨が降り始めた。

とは言え、徴兵《ちょうへい》された単なる平民と武法術を会得《えとく》し付与法術《ふよほうじゅつ》を施《ほどこ》された武具で身を固める兵士との勝負だ。

ましてや、御子柴男爵軍はまさに鉄壁《てっぺき》とも言うべき陣形を維持《いじ》したまま行軍している。

勝敗など初めから分かり切った事だ。

御子柴男爵軍の兵士が振るう斧槍《ハルバード》が北部征伐《せいばつ》軍の兵士達を次々と血祭りにあげていく。

もっとも、言葉で言うほど優勢という訳ではない。

何しろ敵の数は膨大なのだ。

そして、数の暴力は常に高い効果を発揮する。

雲霞《うんか》の如く押《お》し寄せてくる敵軍に、リオネは必死で対応していた。

「ボルツ！　マイクの部隊に増援《ぞうえん》を出してやりな！　アレックスは敵が回り込むのを防ぐんだよ！」

矢継《やつ》ぎ早《ばや》に下される命令に、伝令が四方八方へと駆けていく。

とは言え、今のところは当初の作戦通りではあるのだ。

少なくとも、リオネの顔に不安や焦燥《しょうそう》は浮かんではいなかった。

（まったく……この便利な道具を部隊の指揮にも使えりゃ楽なのにねぇ……まぁ、数が揃《そろ》わないなら仕方がないか）

何しろ黒エルフ族の術師が時間を掛けて作成した品だ。

今回の戦に間に合ったのは僅《わず》か五組と言うのだから、その希少性は言うまでもない。

その上、耳飾りという形状も、戦場で用いる品としては不便だった。

何しろ、両耳にウェザリアの囁《ささや》きを付けたとしても、最大で二ヶ所としか通信が出来ないのだ。

それを解消するには、耳飾りを付け替える必要が出てくるが、その手間が煩《わずら》わしい。

また、付け替える度に付与法術を起動しなおさなければならないというのも大きな欠点と言えるだろう。

亮真は、リオネとネルシオスとしか通信が出来ないし、リオネは亮真ともう一人の人物に対してしか通信が出来ない。

それ以外の人間に指示を出す際には、昔ながらの伝令が馬を走らせるしかないのだ。

(とは言え、この法具の能力は圧倒的な優位を齎《もたら》すのは事実……まったく、あの子の頭の中は如何《どう》なっているんだろうねぇ)

そんな事を考えながら、リオネは右耳に付けた耳飾りに手を伸《の》ばした。

「坊《ぼう》や！　こっちは予定通りだよ！　あの子達がこれから陣形を変えるからね！」

「分かった！　頼《たの》んだぞ、リオネさん！」

この段階で、リオネの指揮下で部隊の指揮を執《と》っていたローラとサーラは、敵軍の放つ圧力を巧《たく》みに躱《かわ》しながら、横陣から徐々《じょじょ》に魚鱗《ぎょりん》の陣形へと形を変えていく。

(うん、上手《うま》くいっている……)

各部隊からの報告を纏《まと》めながら、リオネの脳では戦場の配置図と各部隊の位置関係がリアルタイムで更新《こうしん》されていく。

(後は、坊やから託《たく》された切り札の使い時……か)

それはこの戦の勝敗を決定づける一撃。

そして、その切り札を何時切るのかを決めるのは、前線指揮官であるリオネの役目なのだ。

その重圧に耐《た》えるかのように、リオネは無意識に左耳に付けた耳飾りに手を伸ばす。

だが次の瞬間、駆け込《こ》んできた伝令の報告にリオネは鋭《するど》い舌打ちをする。

その予想外の出来事は、サーラが指揮する横陣の右側で起きていた。

「まったく……これだから戦は嫌《きら》いなんだよ……予想がつかなくてさ！」

敵が包囲殲滅を狙ってくるのは予想していた事だ。

数に勝る北部征伐軍にしてみればまさに必勝と言って良い戦術なのだから。

問題は、その正攻法とも言える戦術を数に劣る亮真達がどう打ち破るかという点に尽きる。

だから、亮真は敢《あ》えて最も基本的な陣形である横陣で迎え撃つ事にした。

ただしそれは、あくまで自分の狙いを敵に悟《さと》られない為の偽装《ぎそう》。

横陣が確かに基本の陣形だが、利点がない訳ではない。

基本の陣形であるが故《ゆえ》に、陣形を変化させやすいのだ。

例えば、敵軍の圧力を受け流しつつリオネが指揮する部隊を起点として、横陣から魚鱗の陣へと変化させるなどだ。

勿論、敵の攻撃を受け流しながら陣形を変えるというのは、戦場においてかなり高い難易度だ。

特に今回の様に陣を後退させせながらとなれば、その難易度は更《さら》に跳《は》ね上がる。

指揮官の資質は元より、兵士の練度が高くなければ実現は難しいだろう。

そして重要なのは、敵の圧力に心を折られないだけの精神力。

兵士と指揮官という立場の違いを超えた、互いへの信頼《しんらい》だ。

そう言う意味からすれば、横陣の中央にリオネを要として配置し、陣の両端《りょうたん》にサーラとローラを配置した布陣は、まさに全ての条件を満たしていたと言って良い。

しかし、全ての条件を満たしたからと言って、必ずしも成功するとは限らないのが戦だ。

「坊や、悪い。敵部隊が崩れて、サーラの部隊が突出《とっしゅつ》しちまった！」

鶴翼の陣が敵に対して間口を広げる様な形なのに対して、魚鱗の陣は三角形の頂点を敵に向けて布陣する陣形で、その俯瞰図《ふかんず》を一見すると、非常に攻撃的《こうげきてき》な陣形と見られる。

とは言え、それはあくまでも魚鱗の陣が持つ一面的な評価に過ぎない。

実は少数の部隊を分散して布陣させる事で、遊兵の数を減らし、相互《そうご》の連携《れんけい》を密にすることで魚の鱗《うろこ》の様な堅牢《けんろう》さを持ち、高い戦闘継続《せんとうけいぞく》能力を持つ陣形でもある。

つまり攻守《こうしゅ》に優れた陣形なのだ。

今回の様な寡兵《かへい》で大軍を迎え撃つには悪くない選択《せんたく》と言えるだろう。

だが、どれ程緻密《ほどちみつ》な戦術を練っていようとも、それはあくまで机上《きじょう》での話。

戦場では全てが予定通りに進む事はない。

それはあまりに予想外の事態。

対峙していた敵軍が突然崩《とつぜんくず》れ、サーラの指揮が乱れた。

どうやら、敵の指揮官が後方から放たれた矢によって戦死したらしい。

流れ矢に当たった不運な出来事。

それは本来、亮真達にとって朗報だっただろう。

だが、その予想外の戦果は、逆にサーラにとって裏目に出た。

それは言うなれば、圧力に抗《あらが》おうと力を入れたタイミングで、肩透《かたす》かしを食《く》らったようなものだろうか。

当然、体は前のめりになり態勢が崩れる。

今回のサーラもそれと同じだった。

そして、そこに更なる不運が重なる。

壊滅《かいめつ》した部隊の穴を埋めようと、周囲に布陣していた北部征伐軍がサーラの率いる右軍に目《め》掛《が》けて殺到《さっとう》してきたからだ。

それは本来、陣形を乱す悪手だっただろう。

しかし、数の暴力は時に、陣形を保つ事よりも威力を発揮する事がある。

彼等は、友軍の危機を救わんと殺気立ち、猛《たけ》り狂《くる》っていた。

いや、それはある意味生存本能と言えるかもしれない。

そしてその動きは、水面に投《な》げ込まれた石が生み出す波紋《はもん》の様に戦場全体に波及《はきゅう》していく。

(まずい。このままだと右軍が崩されちまう)

リオネの報告を受ける前に、それは本陣《ほんじん》で戦況を窺《うかが》っていた亮真にも伝わっていた。

両軍が掲げる旗の動きや、兵士達から沸《わ》き起こる怒号《どごう》と喊声《かんせい》ほど、戦場を明確に説明してくれる言葉はないのだ。

いやそれにもまして、戦場を支配する空気が亮真にしきりと訴《うった》えかけている。

今回の動きは、サーラの判断ミスというよりは、穴を埋めようと動いた敵の指揮官の判断が素晴《すば》らしいと褒《ほ》めるべきだろう。

或《ある》いは、流れ矢に当たって死ぬという無様を晒《さら》した敵の指揮官を笑うべきかもしれない。

だがどちらにせよ、その一瞬《いっしゅん》の判断が戦況を有利にも不利にもする。

（どうする……？　本陣から援軍《えんぐん》を出すか？　いや、俺《おれ》の手持ちから兵を割《さ》くのは不味《まず》い……なら……）

亮真の指揮下には一万の騎《き》兵《へい》が居る。

だが、これはあくまでも勝利を決定づける為のもの。

戦況が不利だからと言って、この部隊の兵数をこれ以上減らすのは得策ではなかった。

（ならば仕方ない。前線に出すか迷っていたが、此処はネルシオス達を出すしかないな！）

このまま流れを引き戻《もど》せなければ、敵軍に取り込まれサーラが率いる右軍は壊滅してしまうだろう。

そうなれば御子柴男爵軍は劣勢《れっせい》に立たされる。

ならば、切れる札があるのであれば、此処は躊躇《ためら》う事なく使うべきだろう。

勿論、その代償《だいしょう》は決して小さくはない。

亜人《あじん》であるネルシオスと協力関係であると宣言することに対する影響度《えいきょうど》が今の段階では未知数だからだ。

勿論、何事も起きない可能性はある。

だが同時に、四百数十年前に起きた聖戦が再び起こされる可能性も否定は出来ないのだ。

しかし、勝利しなければ、代償も糞《ふん》もない。

「ネルシオス！　【狂鬼《きょうき》】の腕前《うでまえ》を見せて貰《もら》うぞ。迂回《うかい》して敵の片翼をもぎ取ってやれ！」

亮真は耳飾りに手を当て後方で弓を放つネルシオスに命令を下す。

「承知！　直ちに右軍の援護《えんご》に回る！」

それは、短く端的《たんてき》な返事だ。

だが、その声に含《ふく》まれているのは紛《まぎ》れもなく歓喜《かんき》だった。

後方で、弓隊の指揮をしていたネルシオスだが、やはり本人としては直接戦いたいという思いがあるのだろう。

そんなネルシオスの反応に苦笑いを浮かべつつ、亮真は周囲に檄《げき》を飛ばす。

「良いか！　ネルシオスが敵の横腹を抉《えぐ》るまで耐えるんだ！」

その言葉と共に、亮真の後方が騒《さわ》がしくなった。


反時計回りに戦場を迂回したネルシオスが、横合いから切り込んでいく。

狙いは敵の敷《し》いた鶴翼の陣の翼の部分。

無数の人馬が蠢《うごめ》く一帯を目指し、ネルシオスは愛用の槍を振《ふ》り回しながら突撃《とつげき》していく。

その後ろに続くのは、黒エルフ族五千。

本陣後方に待機している弓隊と共に編制された精鋭部隊だ。

その中には、ディルフィーナが率いる【黒蛇《くろへび》】の姿も交じっていた。

革《かわ》の鎧で身を包んだ彼等は、騎馬にも劣らない速さで戦場を駆け抜ける。

武法術による身体強化と、文法術による精霊の加護という二重の強化により、彼等はまさに人の形をした獣と化していた。

そんな彼等の顔に浮かぶのは堅《かた》い決意と覚悟《かくご》だ。

彼等にしてみれば、この戦いはまさに種族の存亡を懸《か》けたもの。

もし仮に、御子柴亮真がこの戦に敗れれば、御子柴男爵領はローゼリア王国に接収され、ウォルテニア半島に暮らす亜人達《あじんたち》は、塗炭《とたん》の苦しみを味わう事になるのだから。

だからだろう、彼等の戦意はまさに天を焦《こ》がさんまでに高まっている。

そして、その事を最も強く意識しているのが、部隊の先頭に立って敵陣《てきじん》へ切り込んだネルシオスその人だった。

「貴様、何者だ！　名を名乗れ！」

ネルシオスの前に、全身を甲冑《かっちゅう》で固めた大柄《おおがら》な騎士が、巨大《きょだい》な戦槌《せんつい》を片手に持ち立ちふさがる。

表情こそ兜《かぶと》に隠《かく》れて分からないが、その声に含まれているのは、人間ではないネルシオスに対する嫌悪《けんお》と憎悪《ぞうお》。

だが、そんな憎しみの炎《ほのお》を向けられても、ネルシオスは微動《びどう》だにしない。

そして、無言のまま男の兜にわずかに設けられていた視認用のスリットに愛用の槍を突き入れた。

それはまさに槍の神が見せた戦場の奇跡《きせき》と言っていいだろう。

そして、ネルシオスは槍を突き入れられ大地に横たわる騎士に視線を向ける事もなく、次なる獲物を求めて、敵陣へと突き進んでいく。

今のネルシオスにとって重要なのはただ一つ。

御子柴亮真へ勝利を捧げる事しかなかったから。

そして、後方に付き従う愛娘《まなむすめ》に向かって命令を下した。

「ディルフィーナ。【黒蛇】を率いて敵陣を食い破れ！」

その言葉に、ディルフィーナは獰猛《どうもう》な笑みを浮かべながら小さく頷く。

「ええ、【狂鬼】のネルシオスが娘《むすめ》の力をお見せしましょう……お父様」

それは、自らが敬愛する父親に対する命を懸けた誓《ちか》い。

そして、その誓いを果たすべく、ディルフィーネは敵中深くへと突き進んでいく。

敵の血と悲鳴をその身に浴びながら。


本陣で戦況を見守る亮真の目が、敵軍に生じた揺《ゆ》らぎを的確に捉《とら》える。

鶴翼の陣は敵を包囲殲滅するのには適しているが、左右に広がる翼を横から狙われると脆《もろ》いという弱点がある。

その事を知っていた亮真の指示はまさに的確と言えるだろう。

そして、そんな亮真の要請《ようせい》に見事応《こた》えて見せたネルシオスの奮戦により、北部征伐軍が敷いた鶴翼の陣が徐々に崩れていく。

だがそれは、次の策の幕開けを告げる合図でしかない。

「良し、頃合《ころあ》いは良いだろう。リオネさん、仕上げに入るぞ！」

その命令を聞き、リオネは小さく頷く。

「あいよ、坊やも準備しておきな！」

そしてリオネは、左耳に付けた耳飾りを通して北部征伐軍に仕込《しこ》んだ切り札達へ命令を下す。

「待たせたね！　始めな！」

そして、その効果は瞬《また》く間《ま》に北部征伐軍を蝕《むしば》んでいく。

それは最初、北部征伐軍の誰《だれ》が口にしたのかもわからぬ単なる懸念《けねん》の言葉だった。

「おい、このままで大丈夫《だいじょうぶ》なのか？」

それは、誰に向けた言葉なのかもわからない様な呟《つぶや》きだったが、何故か周囲で戦っていた仲間達の耳にはハッキリと響いた。

しかし、その言葉に反応した人間は極《ご》く限られていた。

そして、その限られた人間達は同じ反応をした。

「何を言っている！　この状況で大丈夫も糞《くそ》もあるか！　とにかく目の前の敵を迎《むか》え撃《う》つ事に集中しろ！」

「まったくだ！　死にたいのか！」

それは極《きわ》めて当然な話だろう。

ネルシオスが率いる黒エルフ族の戦士達が、突撃を繰《く》り返しているのだ。

彼等は一人一人が文法術と武法術という二つの法術を会得した戦士達。

並みの騎士では到底太刀打《とうていたちう》ち出来ない様な手練《てだ》ればかりだ。

そんな彼等に、徴兵された、ただの平民達が真正面から戦ったところで、太刀打ち出来る筈《はず》もない。

もし勝機があるとすれば、それは数の暴力で倒《たお》す事だけ。

それも、決死の覚悟で戦うという条件付きでだ。

そんな最中に、余計な事に意識を向けるなと言うのは当然の事だろう。

だが、そんな周囲の反応を他所《よそ》に、その兵士は再び彼等に対して不安と言う名の毒を注《そそ》ぎ込む。

「だが、このままここで戦っていたら、俺達《おれたち》は敵中に取り残されるぞ！」

それは今更《いまさら》言うまでもない事実。

この場に居る誰もが、そんな事は初めから理解している
何しろ、ネルシオスの突撃により、鶴翼の陣の翼部分は半分に分割《ぶんかつ》されようとしているのだ。

その結果は、言うまでもない事だろう。

それは、誰もが肌で感じていた危機であり、目を背《そむ》けていた不都合な事実。

それでも、彼等が敵兵と戦い続けるのは、他に生きる道がないと思えばこそだろう。

だが、その事実を言葉として発せられた途端《とたん》、兵士達の心に揺らぎが生じる。

敵中に取り残されるなど、兵士にとっては恐怖《きょうふ》でしかないのだから。

そして、そんな彼等の動揺《どうよう》を見計らったかのように、二の矢が飛んでくる。

「おい！　陛下がいらっしゃる本陣が後退しているぞ！」

その言葉を聞いた瞬間、兵士達は思わず後方の本陣へと視線を向けてしまった。

勿論《もちろん》、この段階では未《いま》だに北部征伐軍の本陣は微動だにしてはいない。

ルピス女王にとっても、今回の決戦には並々ならぬ覚悟で臨《のぞ》んでいるのだから。

だが、そんなルピス女王の心境など、兵士達には知る由もない。

ましてや、この場に居る兵士達は、敵と戦っている真っ最中なのだ。

正常な判断など出来る筈もなかった。

小さな心の動揺は、やがて大きな波となって彼等《かれら》に襲《おそ》い掛かるのだ。

「本当だ。本陣に掲げられている旗が動いている……」

それが何処《どこ》まで本当なのか誰にも分からない。

風で旗がたなびく姿が、移動したように見えただけかもしれない。

だが、人は真実を信じるのではなく、信じたいものを信じる生き物だ。

そしてついにその瞬間がやって来た。

「裏切りだ！　ロマーヌ子爵《ししゃく》が裏切ったぞ！」

「アーデルハイド伯爵《はくしゃく》もだ！　気を付けろ、背後から襲い掛かって来るぞ！」

戦場のそこここから沸き上がる疑惑《ぎわく》と言う名の毒。

その毒は剣戟《けんげき》の音や怒号を無視して、戦場全域へと拡散されていく。

北部征伐軍が貴族達の寄せ集めという点も不利に働いた。

彼等が王国への信頼や忠義からこの北部征伐という戦に参加しているわけではない事は、一兵卒にまで見抜かれていたからだ。

だから兵士達《たち》は、その流し込まれた毒を流言飛語と切り捨てる事が出来なかった。

そして、その毒に接した北部征伐軍の兵士達は皆《みな》、事の真偽《しんぎ》を判断する術もなくただただ周囲の動きに惑《まど》わされ翻弄《ほんろう》されていく。

そして、緊張と迷いが頂点に達したその瞬間、一人の兵士がロマーヌ子爵家に仕える騎士の一人を背後から切りつけた。

そしてそれは、誤解と曲解の果てに敵意と憎《にく》しみを生成していく。

「馬鹿な！　何をしている」

「味方だぞ！」

「うるせぇ！　この裏切り者が！　どいつもこいつもぶっ殺してやる！」

怒号と剣戟が交差し、戦場は混沌《こんとん》としていた。

もうこの状態になれば、事の真偽も糞もない。

あるのはただ、目についた人間を殺して自分が生き延びるだけだ。

だから北部征伐軍の兵士達は、敵味方の区別なく、ひたすらに剣《けん》を振るい、槍を突き出した。

それが、この状況を引き起こした集団の狙《ねら》いだと知る由もなく。

そんな中、遂《つい》に保身に走る貴族が出始めた。

「退け。退却《たいきゃく》だ！」

「これ以上の戦闘《せんとう》は無意味だ！　我《わ》がモンドー男爵《だんしゃく》家は兵を引かせていただく！」

それは、混乱した戦況を鑑《かんが》みれば無理のない判断なのだろう。

彼等は皆、表向きはローゼリアヌス王家に忠誠を誓っているとは言え、自分の家を守らなければならないのだから。

しかし、その貴族として下した正しい判断が、北部征伐軍の敗北を決定的なものにしてしまった。

前進する部隊と後退しようとする部隊が入り乱れる。

既《すで》に、北部征伐軍は軍としての統制を失っていた。

そして、敵の陣に大きな乱れが生じたのを確認し、亮真は獰猛な笑みを浮かべる。

「伊賀崎衆《いがさきしゅう》が上手くやったようだな！」

勿論、この状況は亮真が事前に潜入《せんにゅう》させていた伊賀崎衆の手柄《てがら》だ。

北部征伐軍を構成する貴族達は、今回の戦の為に多くの領民を徴兵した。

確かに徴兵という制度は、手っ取り早く兵数を集めるには有効な手段だろう。

だが、軍隊としての質はどうだろうか。

特に、兵士同士の連携や信頼関係の構築という意味からすれば致命的とすら言える。

何しろ、部隊編成はその場その場で急に決められるような簡易的なもの。

同じ小隊のメンバーならば顔も名前も一致《いっち》はするだろうが、中隊規模以上となると途端に怪《あや》しくなってくる。

それは言うなれば、互いの顔と名前すらもハッキリとは知らない、人間関係の希薄《きはく》な集団だという事になるだろう。

つまり、間者が潜入しやすくなるという事だ。

その上、伊賀崎衆はそう言った敵地に潜入しての火つけや流言飛語を得意とする戦忍《しの》びの集団。

彼等にかかれば、互《たが》いに疑《ぎ》心暗鬼《しんあんき》を起こさせ、同士討《どうしう》ちをするように仕向ける事も可能だった。

そして、一度火が付けば、人の心は恐怖に駆られ正常な判断が出来なくなってしまう。

「リオネさん！　ケリをつけるぞ！」

「あいよ、任せておきな！」

亮真の命令に小さく頷《うなず》くと、リオネは最後の仕上げに取り掛かる。

「始めるよ！」

その号令の下、損害を抑《おさ》えるべく防御を重視していた重装歩兵の壁が前進を始めた。

横陣は何時《いつ》の間にか、完全に魚鱗の陣形《じんけい》へと姿を変えている。

ネルシオスの突撃と伊賀崎衆の流言が功を奏した結果だ。

リオネは、魚鱗の陣の先端《せんたん》を鏃に見立てて敵の本陣へ向けてぶつけた。

それはいわば、敵陣に穴を開ける錐《きり》の様なもの。

勿論、敵の本陣の前には敵の部隊が幾重《いくえ》にも配置されている。

それはまさに分厚い壁。

だが、それをぶち破る戦術があるのだ。

そして、リオネは最後の命令を口にした。


「道を開きな！」


その命令を受け、魚鱗の陣の先端が左右に向かって分かれ始める。

それはまるで、モーゼの十戒《じっかい》に描かれた海を二つに分けるが如く、目の前にルピス女王へと続く道が姿を現す。

そして次の瞬間、御子柴亮真を先頭とした五千の騎馬隊が駆け抜けていく。

それは偃月《えんげつ》の陣と呼ばれる、大将を先頭にした決死の布陣《ふじん》。

確かに大将を先頭にして敵陣に切り込むなど、戦死の可能性を秘《ひ》めた危険な戦術だろう。

前方への突撃に特化している為《ため》、横からの攻撃には脆弱《ぜいじゃく》なのも確かだ。

また、大将自身が突撃を行う為、友軍に対しての指揮が取れなくなるという欠点もある。

しかし、その危険な戦術は危険度に見合うリターンを亮真に齎してくれる。

特に、魚鱗や鋒矢《ほうし》、長蛇《ちょうだ》と言った突撃に適した様々な陣形の中でも、屈指《くっし》の破壊力《はかいりょく》を持つという点は大きな利点と言えるだろう。

そして、横からの攻撃はリオネとマルフィスト姉妹《しまい》が率いる部隊が防いでくれている。

だから亮真は、ただひたすらにルピス女王の居る、敵の本陣目掛《ほんじんめが》けて馬を走らせる。

「敵陣を撃ち抜け！」

その叫びと同時に振るわれた亮真愛用の十文字槍が、敵兵を吹《ふ》き飛ばす。

後はただ、遮二無二《しゃにむに》前へと進むだけだ。

そして統制を失った軍勢など、喉《のど》にあるとされる第五のヴィシュッダ・チャクラを回して身体強化を施した亮真にとっては、無人の野を駆《か》けるのと同じ事だ。

いったい幾人《いくにん》の敵兵を突き殺し、薙《な》ぎ払《はら》った事だろう。

やがて亮真の前に敵の本陣が姿を現す。

そして亮真の目が、馬に乗った女の姿を確かに捉えた。

その瞬間、戦場を震わせる怒号が亮真の口から放たれる。

「ルピス・ローゼリアヌス！」

その叫びに含まれているのは復讐《ふくしゅう》に燃える悪鬼《あっき》が抱《いだ》く歓喜。

そんな亮真に視線を向け、ルピス女王は顔を青ざめさせた。

まさか、此処《ここ》まで深く敵兵に切り込まれるとは想定していなかったのだろう。

また、目まぐるしく変わる戦況に、脳の処理が追い付いていないのかもしれない。

その体は恐怖で硬直《こうちょく》し、逃《に》げる事すら出来ない有様だ。

だが、ルピス女王の傍《かたわ》らに控《ひか》えていたメルティナは流石《さすが》だった。

「貴様ら、命に代えても陛下を守れ！」

そう言うと、メルティナはルピス女王が跨《またが》る馬の手綱《たづな》を手にすると素早《すばや》く退却を始める。

それはいっそ見事なまでの判断と言えるだろう。

少なくとも亮真は、素早く退却を選択したメルティナを見直していた。

もっとも、だからと言ってこのままルピス女王を見逃《みのが》すつもりはない。

「邪魔《じゃま》だ！」

その呟きと共に、亮真の槍がメルティナの命令に従い盾となる覚悟を決めた近衛騎士達を薙ぎ払う。

だが、ルピス女王を追撃《ついげき》しようとする亮真の前に、一人の騎士《きし》が行く手を遮《さえぎ》る。

全身を板金鎧と兜で覆《おお》った完全装備の騎士だ。

当然、その顔は兜に守られ判別は不可能だった。

しかし、亮真はこの騎士の正体を直ぐに察する。

(槍に込められた力と速度は、並みの騎士を凌駕《りょうが》している……北部征伐軍の騎士でこれほどの腕前となれば一人だけだろう……な)

その槍の腕前こそ、目の前の騎士の正体を如実《にょじつ》に物語っているのだ。

「クリスさんか……こいつはまた奇遇《きぐう》だな……エレナさんの傍《そば》から離《はな》れても良いのかい？」

邪魔者《じゃまもの》の正体を知り、亮真は人を喰《く》った様な笑《え》みを浮《う》かべた。

その言葉に、クリスは兜を外して小脇《こわき》に抱《かか》えた。

「奇遇も何も、我々は敵同士。戦場で相まみえるのは当然でしょう?」

そして、その美しい顔に笑みを浮かべて見せる。

実際、クリスの言葉は正しい。

確かに一時は共に轡《くつわ》を並べた仲ではある。

だが、エレナがルピス女王に味方すると決めた瞬間から、亮真とクリスは敵と味方に分かれてしまったのだ。

「エレナさんの命令かい?」

「はい、陛下のお命だけは何としてもお守りするようにと……」

「成程《なるほど》……な」

そう言って頷いた亮真の声に、クリスへの憐れみが含まれているのは気のせいではないだろう。

(エレナさんも酷《こく》な命令を下すぜ……)

エレナが何処まで今回の戦に勝負を掛けていたのかは亮真にも分からない。

だが、国王であるルピス女王さえ生きていれば、再起を図《はか》る事は可能だ。

そう言う意味からすれば、如何《いか》に腹心の部下であっても一介《いっかい》の騎士でしかないクリスをルピス女王の護衛として配置《ごま》するのは間違《まちが》いではない。

たとえそれが、捨て駒に等しい役割を命じる事になったとしてもだ。

だが、クリスの顔に悲壮感《ひそうかん》はなかった。

いや、それどころか、クリスの顔は戦意に満ち満ちている。

「別に私に不満はありません。陛下をお守りするのはローゼリア王国に仕える騎士にとって当然の務めです。それに……御子柴殿《どの》と一度本気で手合わせをしてみたかったですし……ね」

そう言うとクリスは小脇に抱えていた兜を再び被《かぶ》る。

どうやら、楽しいおしゃべりの時間は終わりと言う事らしい。

亮真はクリスの後方にちらりと視線を向け、小さなため息をついた。

視界の中にルピス女王とメルティナの姿はない。

瞳《ひとみ》に映るのは、クリスと退却を始めた北部征伐軍の兵士達の姿だけだ。

(もう無理だな……)

ならば、此処でクリスと手合わせをするのも悪い事ではないだろう。

「一つ賭《か》けをしようぜ、クリスさん。俺が勝ったらアンタは俺に仕えろ！」

そう言うと亮真は、馬の腹を蹴《け》り上げ突進《とっしん》しつつ槍を突き出した。

それに合わせる様にクリスもまた馬を走らせ突進してくる。

二本の槍が相手の顔面に向かって突き出される。

しかし、互いの初撃は共に空を切った。

再び位置を変えて対峙《たいじ》する両者。

(ふう……あぶねぇ……武法術で強化していたから何とか避《さ》けられたが、かなりヤバかったぜ……)

突き出されたクリスの槍を何とか首を傾《かし》げる事で避けた亮真がホッと胸を撫《な》でおろす。

もっとも、それはクリスも同じなのだろう。

兜に隠れて表情こそ分からないが、その身に纏う空気がクリスの心境を亮真に伝えてくれていた。

とは言え、このままクリスの槍術《そうじゅつ》に感心してばかりはいられない。

勿論、亮真にクリスを殺す気はなかった。

だが、中途半端《ちゅうとはんぱ》な手加減で対処出来るような相手でもないのだから。

「行くぞ！」

その言葉と同時に再び両者は馬を走らせ間合いを詰《つ》める。

もっとも、今度は突進からの突きではなく打ち下ろしを選択したらしい。

大きく振りかぶられた槍《やり》が、轟音《ごうおん》を立てて打ち合わされる。

それは、力と力のぶつかり合い。

馬上という不安定な状況での戦いで、最も重要なのは力である事を証明するような戦い。

渾身《こんしん》の力をぶつけ合う事で、敵の態勢を崩す事が狙いだ。

勿論、単なる力だけではない。

重量級とも言える槍を小枝の様に振るいながら、両者は互いの力を振り絞《しぼ》る。

突き、打ち下ろし、切り上げ、薙ぎ払いが次々と繰り出されては相手に防がれるのだ。

いったいどれほどこの攻防《こうぼう》が続いただろう。

間違いなく、十合や二十合ではきかない。

恐《おそ》らくは百に近い回数で両者は槍をぶつけ合い互いの技量を確かめ合った筈だ。

「すごい……」

誰ともなくそんな言葉が零《こぼ》れた。

何時の間にか周囲は御子柴男爵《だんしやく》家の兵士で囲まれていたが、誰もこの戦いに横槍《よこやり》を入れようとする者はいない。

彼等の目には、亮真とクリスの戦いが武人という存在の証に見えたのだろう。

しかし、無限に続くとも思われたその勝負は、唐突《とうとつ》に終わりを告げた。

大きく振りかぶった槍を潜《くぐ》り抜ける様に繰り出された亮真の突《つ》きを、クリスがまともに食らったのだ。

それはほんの一瞬の出来事。

そして次の瞬間《しゅんかん》、兜を弾《はじ》き飛ばされたクリスの体が、馬の上から地面に叩《たた》きつけられる。

だが、その結果は亮真にとって屈辱《くつじょく》とも言える結果だった。

「アンタ……」

そう小さく呟く亮真の目が、大地に突き刺《さ》さる一本の矢に注がれていた。

それは、亮真が槍を突き出そうとした瞬間に飛来した矢。

そして、それを察知したクリスは、自らが無防備になることを承知の上で、矢を打ち払ったのだ。

自らが亮真の槍を受ける事を覚悟して。

自らも馬を下りた亮真が、大地に倒れるクリスに向かって問いかける。

「何故《なぜ》だ？」

勿論、此処は戦場だ。

一騎打《いっきう》ちの最中だろうと関係なく、矢が飛んでくることはあるだろう。

だが、少なくとも亮真は敵を救う為に、その矢を防ごうとはしない。

そう言った不測の事態《アクシデント》も含めて、勝負の内だと弁《わきま》えているからだ。

だが、そんな亮真の問いにクリスは笑みを浮かべて見せる。

「いえ、ちょっとした気まぐれですよ……」

そう言うとクリスは、地面に落ちた自らの槍を探す。

だが、頭部に衝撃《しょうげき》を受け、朦朧《もうろう》とした意識で探し当てるのは困難なのだろう。

頻《しき》りに周囲を探すクリスに亮真は小さくため息をついた。

そして、周囲の兵士に無言のまま槍を渡《わた》してやるようにと命じる。

その命令に従い、周囲を取り囲む兵士の一人が、大地に転がる槍を素早く拾い上げクリスに渡した。

「宜《よろ》しいのですか？」

そんな亮真に対してクリスは首を傾げた。

敵に武器を渡すなど戦場に生きる戦士として考えれば愚行《ぐこう》の極みなのだから。

だが、そんなクリスに対して亮真は肩《かた》を竦《すく》めて見せ、腰《こし》を落とし中腰《ちゅうごし》の態勢になると、槍を中段に構える。

それは槍術の基本にして奥義《おうぎ》。

「俺も、気まぐれを起こしただけさ」

「成程……」

そう言って笑う亮真に対し、クリスもまた小さく頷くと同じ様に槍を構えた。

その顔に浮かぶのは武人としての歓喜に満ちた笑み。

「先ほどの賭けですが……受けますよ。まぁ、この勝負の後に私が生きていれば……ですけれどもね」

その瞬間、クリスの放つ気配が変わる。

先ほどまでの気配が燃《も》え盛《さか》る炎だとすれば、今は刃《やいば》の様な鋭さを秘めた氷の様な冷たさ。

共に闘気でありながらも、その性質は正反対だ。

そして、そんなクリスに対して亮真もまた、同じ気配を放ち始める。

それは、これから繰り出す一撃《いちげき》に全てを掛ける事を決めた武人の闘気。

そしてその闘気は結界となり、二人の体を中心に制空権を生じさせる。

徐々に間合いを詰める両者。

そしてついに、その瞬間が訪《おとず》れた。

「「うぉぉぉぉぉ！」」

両者の口から獣《けもの》の雄叫《おたけ》びにも似た怒号が放たれる。

そして次の瞬間、腰だめに構えられていた槍が周囲を取り囲む兵士達の目から姿を消した。

次に彼等が見たのは、天高く巻き上げられたクリスの槍。

亮真がクリスの槍を巻き込み、十文字管槍の鎌《かま》の部分を使って宙に跳ね上げたのだ。

その瞬間、兵士達の口から歓声《かんせい》が沸き起こる。

それが、この北部征伐軍との戦いに終わりを告げた瞬間だった。

そして、彼等は本能的に悟っていた。

今日の勝利が、このローゼリア王国の支配者が変わる、新たな戦の幕開けになるという事を。

エピローグ

無数の屍《しかばね》が大地を覆う。

夥《おびただ》しいほどの血が川となって流れ、其処此処《そここここ》から苦悶《くもん》の呻《うめ》き声《ごえ》があがる。

とは言え、残念な事に彼等へ救いの手が差し伸べられる可能性は限りなく低い。

何しろ、このカンナート平原を舞台《ぶたい》とした決戦の勝敗は、既に決まってしまったのだ。

そして、ルピス女王率いる北部征伐《せいばつ》軍は王都ピレウスに向かって敗走を始めており、勝者である御子《みこ》柴《しば》男爵軍はその後ろを追撃している。

つまり、この決戦の当事者であった二つの軍は、共にこのカンナート平原から去ろうとしていた。

そんな彼等には、戦場に倒れた兵士達の安否を気遣《きづか》う余裕《よゆう》など残されてはいない。

自らの足で歩けるか、運良く友軍の兵士に助けられでもしない限り、重傷者の行きつく先は一つだけだろう。

そして、そんな気の毒な兵士達を救う事が出来る可能性を持つ者は、この戦場には存在しない。

いや、正確に言えばただ一つだけ存在はしているのだ。

光神メネオースに仕える神の戦士達が。

だが、彼等が憐《あわ》れな兵士達を救う事は決してない。

彼等にとって、光神教団の教義に従わない異教徒など、根絶やしにしても飽《あ》き足《た》らない憎むべき敵でしかないのだ。


勿論、正確に言えばローゼリア王国は光神教団の主神であるメネオースを信仰《しんこう》の対象としている。

そう言う意味からすれば、本来は同じ神を信奉《しんぽう》する同胞《どうほう》と言っていい筈だ。

だが、ローゼリア王国は光神教団に従ってはいない。

教団のトップである教皇を光神メネオースの地上における代理人として認めていないからだ。

ましてや、今回北部征伐軍に従軍したのは、光神教団の誇《ほこ》る聖堂騎士団《きしだん》の中でも指折りの精鋭《せいえい》集団である第十八聖堂騎士団。

異端審問《いたんしんもん》で名をはせた彼等は、普段《ふだん》は異教徒や亜人の討伐《とうばつ》などを主任務としており、光神教団の威光《いこう》をこの西方大陸に遍《あまね》く知らしめようとする敬虔《けいけん》な信者だ。

とは言え、ローゼリア王国の民にとっては、グロームヘンの惨劇《さんげき》を引き起こした【コルサバルガの墓掘《ほ》り人】と呼ばれ恐れられる狂信者達《きょうしんしゃたち》の集団としての悪名の方が分かり易《やす》いだろう。

ただどちらにせよ、そんな彼等に異教徒が神の慈悲《じひ》を求めること自体が間違っていると言えなくもない。

彼等にとって、良い異教徒とは死んだ異教徒だけなのだから。

そう言う意味からすれば、彼らほど今回の遠征《えんせい》に不適格な部隊もない。

実際、ローランド枢機卿《すうききょう》は、第十八聖堂騎士団が派遣《はけん》されたと耳にした時、珍《めずら》しくロドニーの前で顔を歪《ゆが》め舌打ちをしたくらいなのだから。

しかし、彼等は狂信的《きょうしんてき》な信者であるが故に、その戦闘能力は群を抜《ぬ》いて高いのも確かだ。

そして、その事にロドニーが今日ほど理解させられた日はない。

それは、近くで待機している立花《たちばな》も同じ想《おも》いなのだろう。

その顔に浮かぶのはまさに驚愕《きょうがく》の一言に尽《つ》きる。

(なんて腕前だ……)

ロドニーの目の前には、第十八聖堂騎士団の団長であるディック・マクガールが弓を携《たずさ》えて立っていた。

全身を教団支給の甲冑で身を固め、顔はグレートヘルムで覆われており、その表情を窺い知る事は出来ない。

だが、その佇《たたず》まいからして、ディックがただ者ではない事は一目瞭然《いちもくりょうぜん》だろう。

そして、そんなディックの手に握《にぎ》られている弓は、強弓《ごうきゅう》という言葉がこれほど相応《ふさわ》しい物はないと言い切れる程《ほど》の逸品《いっぴん》だった。

それは、本来は粘《ねば》り強《づよ》い木材を使用する長弓《ちょうきゅう》を、全て鉄を用いて作ったという特別製。

確かに、鉄の弾性《だんせい》を活用出来れば、弓としての性能は高くなるだろう。

実際、クロスボウなどには鉄を用いて造られた物もある。

だが、それらの多くは、俗《ぞく》に言うところの機械式。

つまり、滑車《かっしゃ》やテコの原理を使って弦《げん》を巻き上げる形式の物が殆《ほとん》ど。

実際、人間の腕力《わんりょく》でクロスボウの弦を張るのはかなり難しいのだ。

ましてや、ディックの弓はクロスボウの様に機械で弦を引き絞る訳ではない。

弓の弦に矢をつがえて引き絞る事を引き分けというが、これに必要となる力は全て自分が持つ筋力のみという事になる。

その上、鉄製とくれば必要な力は普通《ふつう》の弓とは桁違《けたちが》いになる訳だ。

それに鉄は当然の事ながら、木材よりもはるかに重い。

加えて、用いた矢もかなり大きめの鏃《やじり》を持つ特注品。

どれ一つをとっても、普通の人間の手には余る様な品だといえる。

だが、目の前の男はそんな化け物弓をいとも簡単に引いて見せた。

いかに身体強化の出来る武法術を会得《えとく》している騎士とは言え、瞠目《どうもく》に値するだろう。

(聖都では連中の事を寄せ集めだのと揶揄《やゆ》されていたが……)

光神教団が保有する正式とされる聖堂騎士団は本来、十個騎士団しか存在しない。

初代教皇が光神教団を武力集団として聖堂騎士団を立ち上げる際に、光神メネオースを守る十人の天使に准《なぞら》えて数を決めたからだ。

だから、本来であれば第十八聖堂騎士団など存在する筈がない。

それは、数百年もの歴史を紡《つむ》いできた教団の根幹にかかわってくる大事な部分と言えるだろう。

だが、事実として聖堂騎士団は、今のところ第二十五聖堂騎士団まで存在している。

それは、本来の数の二倍以上。

そして、今後もその数を増やし続けていく事だろう。

光神教団がこの西方大陸で布教し、キルタンティア皇国を始めとした西方大陸南西部を中心に勢力を広げていく過程で、最初期に創立した十個騎士団では、到底《とうてい》手が足りなくなってきてしまったからだ。

そして、その事実に直面した当時の教皇は、教団を守る為の暫定的《ざんていてき》な措置《そち》という建前の下、第十一聖堂騎士団を設立する事を決めた。

そして、、第一から第十までの聖堂騎士団に聖都メネスティアを守護する近衛《このえ》兵《へい》的な立ち位置を与《あた》えて正規騎士団とし、第十一以降の聖堂騎士団を外部に派兵する傭兵《ようへい》的な役割を担《にな》わせた非正規騎士団とする事で、教団内部の反発を抑え、教義との整合性を保とうとしたのだ。

(だから、第一から第十聖堂騎士団に属する騎士《きし》達《たち》は皆、聖都メネスティアで生まれた光神教団の幹部達を親族に持つ者が殆どだ)

勿論、中にはロドニーの様に聖都メネスティア以外の出身者もいる存在はしている。

ただ、どちらにせよ、全員が一定以上の家柄《いえがら》を持つエリート達で固められているのは確かだろう。

そして、その多くが親の代からの信徒だ。

いや、親の代どころか、中には教団の創立当初からの信徒も多い。

彼等には百年以上もの間、光神教団の信徒として光神メネオースに帰依《きえ》してきたという歴史的な重みがある。

それに対して、第十一以降の番号を振られた騎士団に所属する人間達の多くは平民階級の出身ばかりだ。

中には例外的に貴族階級の出身者も存在しない訳ではないのだが、そういう人間の殆どは実家から絶縁《ぜつえん》されたような訳アリの人物ばかり。

或いは、何らかの理由で家自体が断絶している場合くらいだろうか。

そして何よりも重要なのは、彼等の多くが入信して数年から数十年程度の信徒だという点だろう。

簡単に言えば、譜代《ふだい》か外様《とざま》かという事。

現代風で言えばアイドルのガチ勢か、にわかファンかの差と言い換《か》えても良いだろう。

（しかし、だからこそ彼等は自らの信仰を神に証明する為、誰よりも熱心に教義に従う）

第十一以降の聖堂騎士団が、狂信者《きょうしんしゃ》の集団と揶揄される由縁《ゆえん》だ。

だが、その揶揄《からか》いと侮蔑《ぶべつ》の言葉には幾《いく》ばくかの恐れも含まれている。

実際、過去の教皇達が教団内部の粛清《しゅくせい》を行う際に用いたのは、傭兵や寄せ集めと呼ばれ狂信者と誹《そし》られた彼等だったのだから。

勿論、ロドニーはそんな周囲の言葉に惑わされ、彼等を侮《あなど》った事などない。

（何しろ実戦経験という意味で言えば、聖都メネスティアの防衛を主任務としている第一から第十聖堂騎士団よりも、他国に派兵され数多《あまた》の戦場を経験してきた第十一以降の聖堂騎士団の方が上となるのも当然と言えるからな）

どれだけ訓練を積もうと、たった一回の実戦経験に敵《かな》わないのが戦場の非情さなのだから。

しかし、本当の意味で彼等の力量を理解してはいなかったのだろう。

（まさかこれほどの手練れが居るとは……）

ロドニーとて、聖堂騎士団の中では指折りの強者だ。

また、それなりの実戦経験も積んできている。

得意なのは剣術《けんじゅつ》だが、弓も槍も人並み以上に修練してきた。

だが、それでも目の前で見せられたディックの神業《かみわざ》に自分の弓が匹敵《ひってき》するかと問われれば、首を横に振るしかないだろう。

（恐らくだが、一キロ以上はある……）

それは、ロドニーが知っている弓の射程距離《きょり》を遥《はる》かに超《こ》えた距離《きょり》。

第十八聖堂騎士団が陣《じん》を張ったのは、ルピス達北部征伐軍の本陣《ほんじん》のかなり後方に位置する小高い丘《おか》の上だった。

確かに見晴らしの良い場所だ。

眼下にカンナート平原を一望出来るこの丘は、戦を鑑賞《かんしょう》するには絶好の場所と言えるだろう。

実際、ルピス女王の本陣に切り込《こ》んだ御子柴亮真《りょうま》の姿を視認《しにん》すること自体は、武法術を用いて視力の強化を行えば可能ではある。

小高い丘の上から弓なりに矢を射れば飛距離《ひきょり》は稼《かせ》ぐ事が出来るのも確かだ。かなり難しい事ではあるだろうが、あの化け物弓を用いれば、ロドニーであっても矢を届かせる事が或《ある》いは不可能ではないのかもしれない。

(しかし、それはあくまでも矢が届くというだけの事)

これほど離れた距離から、弓で目標を正確に射貫《いぬ》くなどという神業はロドニーには不可能な芸当だった。

そしてそれは、一連の出来事が決して偶然《ぐうぜん》などではないという事を示唆《しさ》している。

この丘の上に布陣すると決めた時から、全てはローランド枢機卿によって仕組まれていたのだろう。

確かに、戦場の様子を知るには良い場所だ。

(だが、戦に参加して敵軍と矛《ほこ》を交えるとなると話は大分変わって来る)

今回の戦で第十八聖堂騎士団に与えられたのは後詰《ごづ》めという役割だ。

簡単に言えば、後方に待機して予備戦力として温存される部隊という事。

勿論、後詰めは戦において重要だ。

敵軍の動きに合わせて動く事で、危機に陥《おちい》った友軍を助ける事も出来るし、敵軍の隙《すき》をついて奇襲《きしゅう》を仕掛《しか》け勝利を担う事も出来る存在なのだから。

そして、後詰めという役目を存分に果たそうとするならば、刻一刻と変わる戦況《せんきょう》を把握《はあく》する為に、丘の上に布陣するという選択肢《せんたくし》は、決して悪くはないだろう。

だが、それはあくまで本気で戦う気があればという但《ただ》し書《が》きが付く。

(ローランド枢機卿から一部の物見部隊を丘の上に待機させるのではなく、全軍でこの丘に布陣すると聞いた時には、確かに違和感《いわかん》を持ったが……)

その違和感の正体がこれだ。

ロドニーが読んだ兵法書にも、高所に布陣する事の利について記載《きさい》されていたのは確かだ。

だからこそ、ロドニーもローランド枢機卿の命令に異議を唱えはしなかった。

だが、丘の上に全軍が布陣してしまえば、後詰めに求められる臨機応変な動きを妨《さまた》げてしまうのは当然なのだ。

(つまり、初めから御子柴男爵軍と戦うつもりなどなかったのだ……)

そして、戦意のない後詰めは言うなればただの傍観者《ぼうかんしゃ》でしかない。

それがまさに、今の第十八聖堂騎士団の置かれた状況《じょうきょう》。

何しろ、北部征伐軍と御子柴男爵軍が眼下で激突《げきとつ》するのを尻目《しりめ》に、開戦からただジッと待機を続けていたのだから。

(そして、ルピス女王もこちらの思惑《おもわく》を理解していた……)

ロドニーは知らなかったが、この状況はローランド枢機卿とルピス女王側がきちんと話し合って決めた結果なのだろう。

そうでなければ、劣勢《れっせい》に陥ったルピス女王から助勢の使者が送られてきた筈だ。

それが来なかったという事は、ルピス女王が光神教団の助けを望まなかったという事に他ならない。

（まぁ、彼女《かのじょ》の立場にすれば当然か……）

何しろ、ルピス女王にしてみれば、自らの正当性を主張する道具として教団の威光を使いたい一方で、余計な借りなど作りたくないという思惑が存在している。

北部征伐軍が兵数的に劣勢であれば、そんな余裕もないだろうが、単純な兵力差を考えれば無理に光神教団の兵に戦って貰《もら》う必要性などない。

また、ローランド枢機卿にしてみても、教皇から命じられたのはあくまでも御子柴亮真という男を推《お》し量《はか》る事。

この北部征伐に参戦する事にしたのは、あくまでも情報収集をする為の手段であって目的ではないのだ。

当然、ルピス女王に勝利を齎《もたら》す事でもない。

極端《きょくたん》な話、どちらが勝っても構わないというのがローランド枢機卿の正直な気持ちだ。

つまり今回の布陣は、下手に前線に出して第十八聖堂騎士団に戦功を上げて貰いたくないルピス女王と、無駄《むだ》な損害を出したくないというローランド枢機卿の思惑が上手《うま》くかみ合った結果の配置と言えるだろう。

（そして、ローランド枢機卿は無事にその任務を果たしたのだ）

たった一本の矢を御子柴亮真に向かって射かけさせる事によって。

その事実に比べれば、北部征伐軍の敗走など、取るに足りない些事《さじ》でしかない。

そして、そんな仕事をやり遂《と》げた当人達は、まるで事態の推移を楽しむかのように、悠然《ゆうぜん》と構えている。

少なくとも、御子柴亮真を射抜《いぬ》けなかった事に対する怒《いか》りやくやしさと言った感情はない様だ。

本気で御子柴亮真を殺したいのであれば、今からでも軍を動かし追撃を仕掛ける事だって可能な筈なのに、そんな動きもないのだから。

だが、だからと言って問題が何もない訳ではないらしい。

「ローランド枢機卿には色々とご調整いただいたにもかかわらず、申し訳ありませんでした」

それは、弓矢による狙撃《そげき》に失敗した事に対しての謝罪。

だが、その態度と声色《こわいろ》からすると、本心からの謝罪とは思えなかった。

どちらかといえば、形式的な謝罪に聞こえる。

そして、そんなディックの謝罪に対して、ローランド枢機卿は鷹揚《おうよう》に頷いて見せた。

「お気になさらずに。今回の一件はあくまでも、あの男の力量を推し量る事。それが出来たのであれば、何も問題はありますまい」

ロドニーが予想したように、矢が当たろうと外れようとどちらでも構わなかったという事なのだろう。

「まさか私の矢に気付いて槍で打ち払うとは……多少手加減をしたとは言え、御子柴亮真と戦っていた青年も中々の腕前《うでまえ》の様ですな」

そんな言葉がディックの口から零れた。

顔を覆う兜《かぶと》の所為で表情こそ判別出来ないが、その言葉には歓喜《かんき》の色が滲《にじ》んでいる。

恐らく、自分の矢を打ち払う程の手練《てだ》れの存在を知り、武人の血が騒《さわ》いだと言ったところだろうか。

そして、それは同時に自らの弓を防げる者などいないという絶対的な自信の表れだとも言えるだろう。

自らの技量が絶対的な高みに居ると確信しているからこそ、他者の力量を素直《すなお》に認められるのだから。

そして、そんなディックの言葉にローランド枢機卿は笑って見せた。

「恐らくは、エレナ・シュタイナーの副官と噂《うわさ》されるクリス・モーガンでしょうな。未だ年若いですが、相当な槍の腕前という話です」

その言葉に、ディックは何かを思い出すかの様に考《かんが》え込んだ。

「成程……クリス・モーガンですか……」

恐らく、クリスの名前を聞き何かを思い出そうとしているらしい。

そして、漸《よう》やく記《き》憶《おく》の迷宮《めいきゅう》から目当ての名前を思い出したディックは高らかに笑い声を上げる。

「成程、何処かで聞いた名前と思いましたが、確か祖父のフランク殿《どの》は、バルク・ウォーレンと並んで、エレナ・シュタイナーの側近を務めた騎士でしたな。それにフランク殿も【流星《りゅうせい》】

と謳《うた》われる程の槍の名手だった筈《はず》。クリス殿はその薫陶《くんとう》を受け継《つ》いでいるのでしょうな」

「ほう、そうなのですね……まぁ、あの若さで【ローゼリアの白き軍神】と名高いエレナの副官を務めるとなればある意味当然でしょう」

本来、クリスの年齢《ねんれい》でエレナの副官など務められる筈がないのだ。

だが、単なるお飾《かざ》りの副官でない事は誰《だれ》の目にも明らかだろう。

そうなると、クリスが特別な教育を施《ほどこ》されてきたと考えるのが普通だ。

血筋や家柄が良いからといって必ずしも実力が伴《ともな》うとは限らないのが人の世だが、幼い頃《ころ》から修練を積めば、その分早く才能が開花するのも事実なのだから。

勿論《もちろん》それは、アーレベルク将軍に冷遇《れいぐう》され、長年不遇《ふぐう》をかこってきたクリスが聞けば鼻で笑う様な評価だ。

クリスがエレナの副官として今の地位に就けたのも、恐るべき槍術の技を身に付けたのも、クリス自身の才能とたゆまぬ努力の成果なのだから。

だが、周囲から見ればそう言う風に見えてしまうのもまた、仕方のない事なのだろう。

実際、ローランド枢機卿の評価を聞いたロドニーも、内心その言葉に頷いていたのだから。

とは言えディックにしてみれば、クリスがフランクの孫であろうと正直どうでも良い事でしかない。

ディックにとって大切なのは、クリスが自分の矢を打ち払うだけの力量を持っているという事実だけだった。

「どちらにせよ、我《わ》が弓に相応しい良い獲物《えもの》です。出来れば一度本気で矛を交えてみたいところですな」

それは、武人が武人を評価する上で最上級の誉《ほ》め言葉だ。

ディックにしてみれば、思いがけない宝石を見つけた様な心境なのだろう。

そして、その言葉にローランド枢機卿は小さく頷いて見せる。

「成程……第十八聖堂騎士団の副団長にして、【天弓《てんきゅう》】と呼ばれる貴殿《きでん》がそこ迄《まで》評価するクリス殿はやはり英傑《えいけつ》という評価が正しいでしょう」

そしてしばらく考え込むと、ローランド枢機卿はゆっくりと首を横に振《ふ》った。

「ではやはり、そんな英傑を一騎打ちで打ち破った御子柴亮真という青年は、恐るべき怪物《かいぶつ》と見て良いですな？」

その言葉に含《ふく》まれているのは感嘆《かんたん》と幾ばくかの恐れだ。

そして、そんなローランド枢機卿の評価をディックは否定しなかった。

だが、ローランド枢機卿の評価は少しばかり低すぎたらしい。

「はい、おっしゃる通りです。ただそれに加えて、あの北部征伐軍を敗走に追い込んだ手腕《しゅわん》も侮れません。武人としても恐るべき手練れなのは間違いありませんが、戦術家としても相当な力量と見た方が良いでしょう」

そんなディックの高評価に、ローランド枢機卿は深いため息をついた。

「やはり、あなたもそう見ますか……」

「戦略に関しては他に軍師がついて補佐を受けている可能性はあるでしょうが、少なくとも北部征伐軍の本陣に切り込んだ際の手腕から推察するに、指揮官としての力量も相当なものでしょう。我が聖堂騎士団の団長クラスでも、あれほどの力量となると片手で数えられるかと」

その言葉にローランド枢機卿は思わず苦笑いを浮かべる。

「酷《ひど》い話ですね……まったく。まるで神話に出てくる英雄《えいゆう》のようですな」

武人としても、戦場での指揮官としても及第点《きゅうだいてん》以上の傑物《けつぶつ》。

その上、ウォルテニア半島の経営状態を考えれば政治手腕にも優《すぐ》れているのは明らかだろう。

文武両道という言葉があるが、御子柴亮真という男はまさにそれだ。

その上、為政者《いせいしゃ》としての器量も持っているとなれば、まさに手が付けられなかった。

とは言え、ローランド枢機卿としては、御子柴亮真の予想以上の力量に感心ばかりはしていられない。

味方に出来れば頼《たの》もしい限りだが、敵になれば教団の存亡にかかわってくるような脅威《きょうい》となりかねないのだから。

「能力に関しては折り紙付き……もし、我々の駒《こま》として使う事が出来れば、実に頼もしい話ですが……問題は彼《かれ》の背後関係ですね」

その言葉に、ディックは小さく頷く。

「では、あの男が組織と関係していると判明したその時には……やはり？」

「ええ、どれ程の犠牲《ぎせい》を支払《しはら》う事になろうと必ず排除《はいじょ》します。あまりにも危険すぎますから。

その際には第十八聖堂騎士団の皆《みな》さんにも存分に働いていただく事になるでしょう」

その言葉に含まれているのは固い決意。

実際、もし亮真が組織と何らかの関係を持っていると確信すれば、ローランド枢機卿はどんな手段を用いても、必ず殺そうとするだろう。

そして必要とあれば、自らの命を捨てる事も厭《いと》わない覚悟《かくご》だ。

そして、そんなローランド枢機卿の言葉に対して、ディックは異議を唱えなかった。

仮に第十八聖堂騎士団に所属する全ての騎士が死ぬ事になろうとも、教皇の命令は絶対なのだから。

だが、続けてローランド枢機卿の口から放たれた言葉はディックにとっても予想していないものだった。

「場合によっては本国に対して更《さら》なる増援《ぞうえん》を依頼《いらい》する事も考慮《こうりよ》せざるを得ないでしょう。その場合は第一聖堂騎士団の出陣《しゆつじん》も考えます」

その言葉に、ディックは珍しく一瞬《いっしゅん》たじろぐような動きを見せた。

「第一を……動かすのですか？」

ディックの声が微《かす》かに震《ふる》えている。

余程《よほど》、恐れているらしい。

そして、そんなディックに対して、ローランド枢機卿は静かに頷《うなず》いて見せた。

「ええ勿論、最悪の場合ですが……あなた方の手に余るとなれば、教皇聖下に嘆願《たんがん》して聖堂騎士団総長を動かす事も視野に入れるしかありません」

そして、二人の会話を黙《だま》って聞いていたロドニーは、ローランド枢機卿の言葉を耳にした瞬間、思わず息を呑《の》んだ。

声を上げずに済んだのは、まさに奇跡《きせき》といっていいだろう。

第一聖堂騎士団の団長は、全ての聖堂騎士達の長として騎士団総長の地位を兼任《けんにん》している。

そして総長とは、光神教団の教義と信仰を守護する最強の剣《けん》の代名詞でもあるのだ。

ロドニーは確かに聖堂騎士団の中でも指折りの手練れだが、それでも総長に比べれば大人と子供ほどの差がある。

少なくとも、三年前に行われた御前《ごぜん》試合の時には、それだけの差があった事は事実だ。

(まさか、本当にあの総長が動くのか？　教皇聖下の懐《ふところがたな》刀にして教団最強の男が……)

勿論、ローランド枢機卿の口ぶりからも分かる様に、実際にそうなる可能性は低いだろう。

だが問題は、可能性がゼロではないという点だ。

そしてそれは、光神教団にとって、御子柴亮真が危険な脅威として認識《にんしき》され始めている事を示唆している。

それは、ロドニーがなるべく考えないようにしていた最悪の未来だ。

(確かに、今の段階では結論は出ていない……だが)

元々、ローランド枢機卿がはるばる聖都メネスティアからこのローゼリア王国へとやって来たのは、この西方大陸に暗躍《あんやく》している組織と呼ばれる集団に対抗《たいこう》する駒として、御子柴亮真という男が使えるかどうかを確かめる為《ため》だ。

そして、教皇から命じられたその任務の中には、御子柴亮真が組織の一員であった場合の処理も含まれている。

そしてその処理とは、物理的な排除に他ならない
勿論ロドニーも、その命令についてはこの任務を受けた時から知っていた。

そして、もし仮にそうなった場合、一人の少女が悲嘆《ひたん》の涙《なみだ》を流す事になるのも理解している。

(御子柴の顔を立花に確認《かくにん》させたのは正解だったな……)

本来であれば飛鳥《あすか》に確認させるのが一番だっただろう。

だが、当事者である飛鳥に確認をさせた場合、彼女自身が平静を保てるかどうかが分からなかった。

何しろ、御子柴浩一郎《こういちろう》と別れて以来、長い時間と数多の苦難を潜《くぐ》り抜けてまで捜し求めた肉親なのだ。

感極《かんきわ》まって涙ぐんでしまう可能性は大いにあるだろう。

だがもしその姿をローランド枢機卿に見咎《みとが》められてしまえば、今迄の苦労が水泡《すいほう》に帰してしまうのは目に見えている。

飛鳥と御子柴亮真の関係をローランド枢機卿が知れば、必ず利用しようとするに違《ちが》いないのだから。

だから、御子柴亮真の顔を知っているという立花に確認を任せた。

そして、一騎討《いっきう》ちを行う御子柴亮真の顔を確かめた立花が、ロドニーに向かって小さく頷くのを確かに見たのだ。

だから、あの男が飛鳥の探し求める御子柴亮真であり、裏大地世界《リアース》と呼ばれる異世界からの来訪者である事は確定している。

そして、組織と呼ばれる集団に属している人間の多くが、裏大地世界の出身者であるという噂を加味すると、結論はおのずと限られてくるだろう。

そしてその事を知れば、ローランド枢機卿がどのような手段に出るかは簡単に予想が付いた。

(今のうちに動くしかない……か)

このままジッと様子見していても事態が好転する事はない。

時間が経過すればするほど、ローランド枢機卿の下には詳細《しょうさい》な情報が集まっていくのだから。

何《いず》れは、飛鳥と御子柴亮真の関係も知られるかもしれない。

そうである以上、動ける時に動くしかないのだ。

そんな事を考えながら、ロドニーはただジッとローランド枢機卿達《すうききょうたち》の会話に耳を傾《かたむ》ける。

それが、桐生《きりゅう》飛鳥という少女を守る事になると知っていたから。


その夜、立花はロドニーに呼び出されていた。

時刻は深夜零《れい》時をとうの昔に過ぎている。

明日は、御子柴男爵軍の後を追い、王都ピレウスに向けて出立する予定なので、立花としても早々に体を休めたいところなのだが、ロドニーに呼び出されれば嫌《いや》も応もない。

ましてや、立花にはロドニーが告げた内密の要件について、何となく想像がついている以上、出向かない訳にはいかなかった。

その時、ロドニーから受けた注意が脳裏《のうり》に浮《う》かび立花は苦笑いを浮かべる。

（人目に付かない様に気を付けろ……か）

現代日本であれば、深夜零時を過ぎていても起きている人間は少なくない。

電灯という文明の利器が闇夜《やみよ》を克服《こくふく》したからだ。

だが、この大地世界《アース》では大半の人間が夢の中だろう。

未《いま》だに起きている人間と言えば、野営地の警備担当の歩哨《ほしょう》くらいのものだろうか。

そして、立花の頭の中には歩哨の待機場所や巡回《じゅんかい》経路といった情報が入っているので、彼等と鉢合《はちあ》わせする可能性は限りなく低い。

何しろロドニー達《たち》から与えられた仕事の中には、日々の雑用の他に、野営地の警備を行う歩哨の仕事も入っているのだから。

（銀行の警備員が自分の銀行を襲《おそ》う様なものだろう……な）

その時、立花の脳裏に浮かんだのは、かなり物騒《ぶっそう》な例えだった。

だが、的確な例えでもあるだろう。

（俺《おれ》も大分この世界に馴染《なじ》んで来たって事か？）

その時、立花の胸中に一抹《いちまつ》の寂《さび》しさが過《よぎ》った。

勿論、立花がこの大地世界に召喚《しょうかん》され、それなりの時間が経過している。

この大地世界の流儀《りゅうぎ》に染まるのも当然と言えるのだ。

既《すで》に、立花の両手は血で染まっているのだから。

今更《いまさら》、警察官としての職業倫理《りんり》に拘《こだわ》る必要性などないし、拘れば逆に自分や周囲に危険を及《およ》ぼしてしまう。

だが、そんな風に変わってしまった自分自身に対して、平然としていられるほど立花は強くないのだろう。

とは言え、月明かりと要所に設けられた篝火《かがりび》の灯《あか》りを頼《たよ》りに野営地を進む立花の足取りに迷いはない。

（やはり、ロドニーさんはこうなる事を想定していたんだろうな）

天幕の合間を縫《ぬ》う様にして進む立花の脳裏に、そんな思いが浮かんだ。

何しろ、今の立花は聖堂騎士団に所属している従者。

その仕事は、ロドニー達の身の回りの世話を行う事だ。

簡単に言えば、雑用係の様なものだろうか。

だが、その雑用とはあくまでもロドニー達の身の回りの世話に限定される。

本来は、野営地の警備など仕事の範疇《はんちゅう》ではない筈だ。

それを、ロドニーは実戦経験を積ませる為という名目で、日々の業務の他に夜間の歩哨任務を加えた。

勿論、通常の雑用を終えた上の話なので、歩哨任務を専門にしている警備兵に比べれば、回数は少ないし、一回当たりの勤務時間も短めになっている。

そう言う意味からすれば、そこ迄負荷《までふか》の高い話ではなかった。

立花からすると、いわば一種の職業体験に近いだろう。

ただ問題は、何故ロドニーはそんな命令を立花に下したのかという理由だ。

(今考えればその理由は明白だな……)

勿論、何処《どこ》までロドニーが想定していたのかは分からない。

だが、様々な状況を考えて、以前から細心の準備をしてきたのだろう。

そして、ここまでロドニーが注意を払《はら》うような事柄《ことがら》など、立花には一つしか思い当たる事はない。

それは先日、立花がロドニーへ直接相談した件と同じ筈だ。

(次の巡回は二時間後だった筈……とは言え、何処に人の目があるか分からないから注意だけは怠《おこた》らないようにしないとな)

確かに事前の準備は大切だ。

だが、幾ら事前の準備が完璧《かんぺき》であったとしても、不測の事態という奴《やつ》は必ず起こり得る。

そしてこういった状況下で油断すると、大抵《たいてい》は予想外の事が起きるのだ。

その事を、立花は経験的に知っていた。

例えば、誰かが小便をする為に寝床《ねどこ》から起きだす可能性は否定出来ないだろう。

そしてその男が偶然、立花の姿を見咎めないとも限らないのだ。

勿論、そんな事になる可能性は極《きわ》めて低い。

だが、その限りなく低い可能性は、どういう訳か実際に起きてしまう。

実際、刑事《けいじ》だった頃の立花は、そう言った偶然の果てに犯人を検挙した事が幾度《いくど》もある。

そして、そんな限りなく低い確率を引き当てた果てに捕《つか》まった犯人の多くは、自らの不運を嘆《なげ》く事になるのだ。

だからこそ、後ろ暗い事をするときには細心の注意が必要になる。

とは言え、あまり人の目を気にして警戒《けいかい》し過ぎるのも悪手だ。

大半の人間は人目を避《さ》けようとすると、物陰《ものかげ》に隠《かく》れたり周囲を頻りに確認したりするなどの行動をとる事が多い。

だが、物陰に隠れて移動などあまりに不自然すぎる行動だ。

仮に見つかった際に言い訳のしようもないだろう。

だからこそ、立花は人気のない暗がりを進む一方で、必要以上に周囲を警戒するそぶりは見せていない。

（大切なのはバランスを保つ事……）

なるべく人目を避ける様に警戒しつつも、不自然にならない程度の隙を作る事なのだ。

それは、刑事として幾度となく容疑者の張り込みをしてきた男が身に付けた経験則と言えるだろう。

立花の服から酒の匂《にお》いが漂《ただよ》い、懐《ふところ》には酒瓶《さかびん》が入っているのも、そう言った対策の一環《いっかん》。

もし仮に誰かに見咎められた場合は、酔《よ》っぱらったふりをして切り抜ける予定なのだ。

勿論、戦場での飲酒はかなり厳しく軍法で制限されている。

もし仮に見つかれば、かなり重い罰則《ばっそく》を受ける事になるだろう。

しかし、だからこそ、その嘘《うそ》には真実味《しんじつみ》が生まれるのだ。

だが、そこ迄注意して移動し、指定された天幕に足を踏《ふ》み入れた立花は思わず首を傾《かし》げる。

「私だけですか？」

てっきり、飛鳥やメネアも同席して今後の話をするのかと思っていたが、どうやら予想が違っていたらしい。

そして、怪訝《けげん》そうな顔をする立花に対して、ロドニーは静かに椅子《いす》を勧《すす》める。

(成程《なるほど》、そう言う事か……)

天幕に入った瞬間《しゅんかん》には分からなかったが、こうして顔を向かい合わせてみれば、ロドニーの顔が強張《こわば》っているのが良くわかる。

そして、そんなロドニーの顔を見た瞬間、立花は自分が呼ばれた理由を理解した。

そして、当事者である飛鳥が同席しない理由も何となく察する事が出来た。

これから行われる話は、非常に繊細《せんさい》で微妙《びみょう》な対応を求められる上、決して人に漏《も》れてはいけない内容なのだろう。

(だが、あの娘《むすめ》は素直過ぎる)

それが立花源蔵《げんぞう》から見た、桐生飛鳥という女に対しての偽《いつわ》らざる評価だ。

確かに、桐生飛鳥は愚《おろ》かではない。

いや、大地世界の水準からすれば、かなりの知識を持っている。

また、人の感情の機微《きび》を読む能力に優れているし、場の空気を読む事も上手い。

それに、人間性も悪くない。

人の悲しみや苦境を頬《ほお》っておけない優《やさ》しさを持ち、朗《ほが》らかで明るく良くも悪くも裏表のない性格だ。

その愛らしい容姿と相まって、人に好感を抱《いだ》かせるのは確かだろう。

また、そんな飛鳥だからこそ、立花やロドニー達はこれほどまでに尽力《じんりょく》しているのだ。

そう言う意味からすれば、飛鳥に欠点らしい欠点はないと言っていいだろう。

（だが、隠《かく》し事《ごと》をするには致命的《ちめいてき》に向いていない……）

それは本来であれば美徳と言える。

だが、この大地世界では致命的な欠点とも言えるのだ。

それが分かっているからこそ、ロドニーはこの場に飛鳥を呼ばなかったのだろう。

（だが、メネアさんを呼ばなかったのは何故《なぜ》だろうか？）

ロドニーにとって、メネア・ノールバーグは最も信頼《しんらい》出来る腹心の部下の筈だ。

そんなメネアを外す理由を立花は思いつかなかった。

だが、そんな立花の疑問を他所に、ロドニーはすぐさま用件を切り出した。

「前置きは省こう、立花さんにはこの手紙をある男に届けて貰いたい」

そう言うとロドニーは、蝋《ろう》で封印《ふういん》された一枚の封書《ふうしょ》と、通行許可の割符《わりふ》を立花に渡《わた》す。

割符は、火急の知らせを帯びた、伝令に渡される通行手形。

これがあれば、夜間であろうとも、身分照会の為の足止めをされる事なく、野営地の外に出る事が可能だ。

（つまりは、この封書を誰かに届けろという事か？）

とは言え、封書には宛名《あてな》書きがされている訳ではない。

つまり現時点での届け先は不明という事になる。

「割符の方は分かりますが、この封書は？」

そう言いながら、立花は手渡《てわた》された封書に目を走らせる。

（確かこれは……ロドニーさんが継いだという伯爵家《はくしゃくけ》の？）

手渡された封書に施された封蝋《ふうろう》の印章は、光神教団が普段用いているものではない事は直ぐに分かる。

ロドニーの従者として働いている立花が、日常的に目にしているものなのだから。

だが、立花はその印章に見覚えがあった。

それは以前、ロドニーから一度だけ見せて貰ったタルージャ王国有数の名門であったマッケンナ伯爵家の印に似ていた。

（間違《まちが》いない、マッケンナ伯爵家の家紋《かもん》だ……だがそれは、ロドニーにとって、既に捨て去っ

た家の筈だ）

だからこそロドニー・マッケンナはメネアと共に光神教団へとその身を捧《ささ》げたのだから。

（教団とは無関係にしたいという事か……）

そして、マッケンナ伯爵家の家名を出す以上、単なる汚《よご》れ仕事という訳でもないらしい。

（つまり、この手紙の届け先は、それなりの地位にある人間……）

そこまで考えれば、答えは自《おの》ずと見えて来る。

「成程……この手紙を持って御子柴男爵《だんしゃく》に会えと？」

立花の問いにロドニーはゆっくりと頷いた。

「あぁ……今、馬とその他に必要な装備一式を準備してこの天幕の裏で待機している。急で悪いが、立花さんはこれから必要な物を受け取り、直ぐに御子柴亮真の下に向かって貰いたい」

その言葉に、立花はメネアがこの場に居ない訳を察する。

そして、ロドニーが何故これほどまでに慎重《しんちょう》になっているのかも。

「このまま飛鳥君を置いておくのは危険と判断されたのですね？」

その問いにロドニーは小さく頷く。

「確証がある訳ではないが……ローランド枢機卿の口ぶりからして、かなり御子柴亮真という男を警戒している。もし何かのはずみで飛鳥の事を知れば、必ずや利用しようとするだろう」

「人質《ひとじち》……ですか？」

「場合によっては処刑《しょけい》もあり得るだろうな」

ロドニーの言葉に立花は嘆息《たんそく》した。

実際、立花自身も光神教団の動きには、不穏《ふおん》なものを感じ始めていたところだ。

勿論、立花自身もロドニーの判断を全面的に正しいと信じている訳ではないが、御子柴亮真に対する光神教団の思惑に関しては、従者である立花もそれなりに察しがついている。

そう言う意味からすれば、北部征伐《せいばつ》軍の敗走は良い潮時だと言えなくもないのだ。

(成程……北部征伐軍が敗走し、王都ピレウスに向かっている今の混乱を利用するのは、確かに悪くない……)

「分かりました……任せてください」

そう言うと立花は、ロドニーに向かって頭を下げた。

その礼に含まれているのは、ロドニー・マッケンナという青年への深い感謝の念と、何のお返しも出来ない立花源蔵という人間の精いっぱいの謝罪。

何故なら、今夜が立花にとってロドニー達との今生の別れとなるかもしれないのだから。

勿論、本来ならば声に出してロドニーへ伝えるべきだろう。

だが、立花はどうしても言葉にする事が出来なかった。

それを言葉にしてしまえば、本当に最後になってしまう様な気がして。

(ロドニーさん……アンタと会えて良かった……)

勿論、全てが善意だと思うほど、立花も甘《あま》い人間ではないだろう。

警察官として生きてきた立花にとって、人間とは罪深く損得でしか動かない存在なのだから。

また、この大地世界の過酷《かこく》な環境《かんきょう》も理解している。

（だが、ロドニー達に何らかの思惑があったとしても関係ない）

当時、ベルゼビア王国の次席　宮廷法術師《きゅうていほうじゅつし》を名乗ったミーシャ・フォンテーヌの手によってこの大地世界に召喚され、御子柴浩一郎の手によって何とか逃《に》げ出しはしたものの、王城近くの森の中で行く当てもないまま彷徨《さまよ》っていた二人を保護してくれたのは、ロドニー・マッケンナというお人好《ひとよ》しの青年と、彼の副官であるメネア・ノールバーグなのだ。

確かに、立花はロドニー達にとっては飛鳥のオマケ程度の価値でしかないだろう。

だが、それでも数年もの間、仕事を貰い衣食住の面倒《めんどう》を見て貰って来たのだ。

その恩は筆舌《ひつぜつ》に尽《つ》くし難《がた》いほど大きなものなのだから。

そして、立花は静かに天幕を後にする。

そんな彼の後姿を見ながら、ロドニーは光神メネオースへと祈《いの》った。

裏大地世界から召喚され、数奇《すうき》な運命に翻弄《ほんろう》される妹分の安全を願いながら。

あとがき

殆どいないとは思いますが、今回初めてウォルテニア戦記を手に取ってくださった皆様はじめまして。

一巻目からご購入いただいている読者の方々、四ヶ月ぶりです。

作者の保利亮太と申します。


七月に十九巻を出してから四ヶ月が経ちますが、無事に出版出来て胸を撫でおろしております。

遂に二十巻の大台です。

二十巻……作者も正直に言ってここまで続くとは思いませんでした。

まぁ、最終話の構想は出来ていていますので、そこに行きつくまでの道のりから逆算すると、やっと半分にきたかな～？　といった所ではあるのですが……。

山登りにたとえるなら、完結と言う名の頂上まではまだまだ遠いですが、ふと後ろを振り返ると歩んできた道の長さに驚いている感じです。

まさに、歌の歌詞にある様な、「思えば遠くへ来たもんだ」と言った心境でしょうか。

何しろ、最初の書籍化では色んな意味でこけましたし、正直にいって完結はＷｅｂでやるしかないと諦めていた作品でしたから。

当時、今後をどうしようかと悩んでいた時に、ホビージャパン様を紹介してくださった作家さんには本当に感謝しかありません。

その方とは、今でも定期的にお付き合いがありますし、良縁に恵まれた結果でしょう。

運や縁って不思議な物ですよね。

良い事も悪い事も起きるという点で。

因みに十九巻が出版されてから四ヶ月程度しか経っていませんが、良い事悪い事を取り混ぜ実に様々な事が起こりました。

色々と物議を醸しだした東京オリンピックの開催に、コロナ罹患者の爆発的な増加などなど、正直話題には事欠きません。

でも、個人的に一番インパクトが強かったのは大きかったのは、モデルナワクチン接種の二回目を打った後で発覚した、異物混入事件でしょうか。

実は、摂取したワクチンのロット番号が大当たりで……。

いやぁ、この話をニュースで見た時には本気で血の気が引きました。

当時の報道では、どんな異物が混入していたのかハッキリしない上に、職域接種で打ったので、指示を出した会社から注意喚起のメールが来たりして……。

二度目の接種だったせいもあってなのか、注射した箇所は赤くはれているし、熱も出てしまったので、そう言う意味でもかなり不安でしたね。

まぁ、そうはいっても個人で出来る事なんて何もないので、数日もすれば普段と変わらない感じになりましたし、結局私が接種したロットでは異物混入の報告は無かったという話になったので、一安心と言ったところでしょうか。

因みに、十月に入り緊急事態宣言も解除されましたが、これで以前の生活に戻っていくんですかねぇ?

解除に併せて本職の方は在宅勤務が終わってしまい、通勤地獄を再度味わう事になりました。

プライベートだと、行き付けの飲み屋さんも続々と以前の営業に戻っているので、私も近況窺いを兼ねて顔を出して微力ながら売り上げに貢献しているところです。

まぁ、あくまで一人飲みか、多くて数人の親しい仲間とコロナ対策しながらではありますが。

大人数での忘年会なんかは来年以降ですかね。

また年末になると感染者が増えて再度緊急事態宣言なんて事も有り得ますし、不安ですから。

皆様も体調管理にはご注意ください。ほんと……。


さて、そんな暗い話題はさておき恒例の見どころ説明を。

この巻で、ルピス女王率いる北部征伐軍が本格的に追い詰められていきます。

まぁ、基本的に大軍の運用というのは、解決するべき課題が多くて、単に人数を集めただけだと軍隊として機能しないのですが、それがモロに出る感じです。

勿論、そうなるように仕向けたのは我らの主人公なのですがね。

基本的に謀略系の主人公なので。

また、この巻では黒エルフ族がかなり大きな役割をしています。

まぁ、前面に出てきて活躍もするのですが、主に裏方の仕事が花開きましたと言った感じが強いですかねぇ。

とは言え、今後は彼等黒エルフ族も本格的に動いていく予定です。

彼等が居ないと、御子柴君の国は成り立たないので。

そして、この巻の最期では遂にロドニーが、とある決断を下します。

まぁ、それは次巻の為の伏線ではありますが、大きなターニングポイントになるのは間違いないと思いますので、是非是非お楽しみにしていただければと思います。

最後に本作品を出版するに際してご助力いただいた関係各位、そしてこの本を手に取ってくださった読者の皆様へ最大限の感謝を。

次巻はいよいよ長きにわたるルピス女王との確執に終止符が打たれる予定です。

多分……きっと……そうなんじゃないかなぁ。

とまぁ、そんなあやふやな感じではありますが、引き続き頑張りますので、今後もウォルテニア戦記をよろしくお願いいたします。

著／保利亮太
イラスト／bob
ウォルテニア半島に居を据えた御子柴亮真の躍進は続く――。
2022年春 発売予定！

コミック版も好評連載中！
漫画：八木ゆかり
原作：保利亮太
キャラクター原案：bob
コミックス
①～⑦巻発売中!!
コミックファイア公式サイト
https://firecross.jp/comic
ウォルテニア戦記XXI

コミカライズも連載中の
スナイパー英雄譚！
著／かたなかじ
イラスト／赤井てら
漫画：瀬菜モナコ
原作：かたなかじ
キャラクター原案：赤井てら
発売予定!!

魔眼と弾丸を使って
異世界をぶち抜く!
第13巻 2022年春

小説第③巻は2022年1月発売！
作画 大前貴史
原作 明鏡シスイ
キャラクター原案 tef
1
信じていた仲間達にダンジョン奥地で殺されかけたが
ギフト『無限ガチャ』で
レベル9999
元パーティーメンバーと世界に復讐&『ざまぁ！』しま
MAGAZINE COMICS
週刊少年マガジン公式アプリ
「マガポケ」にて
好評連載中!!
作画：大前 貴史
原作：明鏡シスイ キャラクター原案：tef
コミックス①巻も
好評発売中！

信じていた仲間達にダンジョン奥地で殺されかけたが
ギフト『無限ガチャ』で
レベル9999の仲間達を手に入れて
元パーティーメンバーと世界に復讐&
『ざまぁ!』します!
「小説家になろう」
四半期総合ランキング
第1位
(2020年7月9日時点)
①〜②巻
好評発売中!!
レベル9999で
圧倒的無双!!!!!!
明鏡シスイ
イラスト/tef

HJ NOVELS
HJN09-20

ウォルテニア戦記XX

2021年11月19日　初版発行

著者――保利亮太

発行者―松下大介

発行所―株式会社ホビージャパン

〒151-0053
東京都渋谷区代々木2-15-8
電話　03(5304)7604（編集）
　　　03(5304)9112（営業）

印刷所――大日本印刷株式会社

装丁――coil／株式会社エストール

ISBN978-4-7986-2671-0　C0076